# ある翻訳家の取り憑かれた日常

村井理子

大和

# ある翻訳家の取り憑かれた日常

# 目次

2023年

# 1

# 月

## 01/19 木曜日

朝8時、パン二斤を食べきった息子たちを送り出す。送り出したら、次は急いでゴミ出し。三つ出して小走りで家に戻って洗濯機を回し（一回目）、食器を洗い、キッチンを片づけ、リビングの掃除。年始のセールで買った大きな魔法瓶（シルバーのかっこいいやつ）で沸かしたお湯でお茶を淹れ、パソコンの前に座る。魔法瓶に対して少し特殊な愛着を持っていると自分でも思う。この時点でだいたい朝の9時。9時にスタートを切ることができれば、その日の仕事はうまく回る。

年末に依頼のあった一冊、『The Real-Life Murder Clubs』の翻訳作業を今日からスタートする。アメリカで出版された、トゥルー・クライム（ノンフィクションの犯罪ドキュメンタリー）関連本だ。それも今回は、「一般市民が活躍して事件を解決に導いた」というサブタイトルがついている少し変わった一冊。ＤＩＹデカ（市民探偵）が主人公だ！　とうれしくなる。大好きなジャンル。日本ではあまり馴染みがないけれど、未解決事件を追うＤＩＹデカはアメリカにはたくさんいる。彼らが集う掲示板へ、実は私も頻繁に訪れている。

もくじの次がいきなり用語集というレイアウト。autopsy、bioinformatics、cold case、composite sketch など、犯罪系ノンフィクションを訳している人間であればおなじみの単語が続くが、「EARONS」が出てきてテンションがあがる。黄金州の殺人鬼（ゴールデン・ステート・キラー）じゃん。

EAR + ONS = EARONS。イースト・エリア・レイピスト（EAR）、そしてオリジナル・ナイト・ストーカー（ONS）を指す。数年前までこの史上最悪の連続殺人鬼EARONSが誰なのか一切判明していなかった。あまりの犯行の多さに、捜査開始当時、犯人は二人だと思われていた（EAR と ONS）。事件は迷宮入りするものだと誰もが考えていた……数人のDIYデカ以外は。執念の捜査が実り逮捕されたのはジョセフ・ジェイムズ・ディアンジェロ。まさかの元警官で、近所では釣り好きおじさんとして知られていた人物。

EARONS の事件タイムラインを見ると、ぱたりと犯行が止まった時期と妻の出産が重なっていることがわかる。生まれたのは娘。不気味。事件解決の鍵となった GEDmatch（家系図作成サイト）の記載にもわくわくする。あのあたりはもっと突き詰めて調べたいと思っていた。以前調べたときの資料を引っ張り出す。

第一章。クリスタル・セオボルド（24歳）殺害事件。運転中に銃撃され、命を落とした女性。この事件の特徴は母親による犯人捜しだ。親からすれば悪夢だろう。冒頭の母親の語りを訳していたら、iPhoneのタイマーが鳴って、外出の時間。今日は長男の学校に行く用事があった。今夜のおでん用の牛すじ肉を解凍するために冷蔵庫から出してキッチンの高い場所に置き（愛犬ハリーが食べてしまわないように）、車を飛ばした。帰りにモスバーガーに寄ってテイクアウト。家でハリーに吠えられながら食べた。作業に戻る。夜、洗濯機をふたたび回した。

## 01/20 金曜日

通院日。琵琶湖の西側から、東側へ。ごちゃごちゃしたJR膳所（ぜぜ）駅前から徒歩で10分程度におの浜方向に進んだ先に、そのクリニックはある。瀟洒なマンションの一階で、狭い待合室だが居心地がいい。四角い窓が道路に面していて、車や人の往来が見えるのがいい。横がレストランなのも、とてもいい。

あっという間に診察は終わり、処方箋を頂いて二軒横のドラッグストアで薬ができあがるのを待っていると、亜紀書房の内藤さんから着電した。内藤さんと作っている翻訳書のスケジュールがギリギリなのだ。出版は2月エンドの予定だが、私の作業が遅れているうえに、内藤さん、近々ボルネオのジャングルに行くという。ボルネオ！　内藤さんって変わってるよなあと思いつつ、ドラッグストア前で「マラリアに気をつけて下さいね！　万が一戻って来ることができなくても、刊行はよろしくお願いします！」などとふざけて言う。作っている翻訳書はコスタリカのジャングルの話だが、その最中にボルネオのジャングルに行くとは、想像を遙かに超えてくる人だ。

実は、今日はエッセイ集の発売日でもあった。こちらも亜紀書房の内藤さんとの一冊で、装幀がとてもかわいくて気に入っている。売れてくれよと祈るような気持ちだ。本が売れないと言われ出してから、どれぐらい経過しただろう。

どこにも寄らずにJR膳所駅前まで戻ったものの、駅の真ん前にある王将に吸い寄せられるようにして入ってしまう。王将のメニューには、自分の胃がついていけないのはわかっているのに、どうしても入らざるをえないのは、貧乏学生時代に抱いた王将に対する強い信仰心の名残みたいなものだ。あの頃の淀みきった日々を昇華しきれていない。焼きそばを待つ間に『ネット右翼になった父』（鈴木大介、講談社）を読みふけった。著者の父が、時折自分の父に重なり、胸が締め付けられるようだった。

急いで家に戻ってコスタリカのジャングル本のゲラ（校正刷）を一心不乱に読む。体力が持たなくて、すぐに眠くなる。とりあえず横になると、ハリーがヨーグルトの空箱を運んで来て、私に与えようとする。それを笑っていたらいつの間にか寝てしまい、次男のＬＩＮＥで目を覚ました。部活がなくなったから、帰りが早いよということだった。

ようやく目が覚め、翻訳作業・夜の部『The Real-Life Murder Clubs』に取りかかる。Jane and John Does（ジェーン・ドウとジョン・ドウ）とはアメリカの警察が身元不明遺体につける名前だが、日本の警察にもこういう裏メニュー的な呼称ってあるのだろうか。気になる。なんとなく、花子と太郎がつきそうだなと思う。名字は山田だろうか。

## 01/21 土曜日

琵琶湖西側から北側を眺めると、見事な伊吹山地が見える。寒波到来で山頂は真っ白だが、空は晴れ渡っている。対照的に、私が住む西側は、冬の間はほとんど曇り空だ。巨大な比良山系は白いスプレーをさっと吹き付けたような姿で、生い茂る木々と雪のコントラストが絵画のよう。巨大な山脈を眺めながら仕事をした。

朝からジャングル本の校正刷を読み直している。翻訳においては「なんでもないような単語が、一番厄介だ」と常に感じている。二校にもなっているというのに驚くようなケアレスミスがいくつもあった。ベテラン編集者の内籐さんが発見してくれたからよかったもののこれがそのまま印刷されていたらと思うと背筋が寒くなる。すべてチェックして、ヤマトの営業所まで車を走らせ、内籐さんに戻した。

午後になって、1月の初めに預かった一冊をチェックする。タイトルがセンセーショナルで、出版されたら話題になりそうだ。130ページというライトな一冊で、500ページのジャングル本をチェックした後なので、少しほっとする。1月末に第一章を訳了する予定なので、一章をふむふむと読んだ。

## 01/22 日曜日

沖縄県うるま市にある会社が販売している「黒糖ココア」という、有機栽培ココアと沖縄産加工黒糖で作られた調整ココアにはまっている。日曜の朝に、温かくて濃厚なココアを飲みつつノンフィクションを読む。『黒い海　船は突然、深海へ消えた』(伊澤理江、講談社)。最高の気分。

寒波到来で随分寒い。朝6時に起きてストーブをつけたので部屋は暖まっており、快適な気分で仕事スタート。今日はオンライン試写会にて新作映画を二本観る。私なんかでいいのかと思いつつ、映画の感想を原稿にまとめることになっている。翻訳家として、というよりは、女性としてどう観たかという感想を求められているのだと思う。

午後、週明けにテストだという次男と一緒に生物の教科書を読む。林冠（りんかん）、林床（りんしょう）というワードが出て、ジャングル本に出ていたなと思い出す。何をしても翻訳から離れられない。

## 01/23 月曜日

翻訳作業は、できれば毎日やったほうがいい。一行でもいいから、毎日書いたほうがいい。なぜかというと、一旦休むと再開に時間がかかるからだ。好きな作業＝楽な作業というわけではなくて、私は翻訳が大好きだけど、翻訳をするという行為自体は、とても、とても、大変なのだ。何年やっても、まったく楽にならない。苦痛を感じないレベルまで作業が到達すると、何十時間でも連続して書くことができるようになるけれど、そうなるのは決まって書籍の後半になってからだ。ランニングハイみたいなものだと思う。眠ることができなくなるのも、だいたい後半から。

　できれば逃げたい。可能な限り、逃げていたい。だから、長い間休んではいけない。毎日やらないと辛くなっていくだけだから……というわけで、今日は午前から忙しかったが、今から翻訳作業・夜の部がスタート。二冊平行しての作業。どちらも刺激的な内容。

## 01/25 水曜日

大雪。積雪量1メートル。朝から映画の感想をまとめ、入稿。最近、家族がテーマの原稿を依頼される機会が増えた。そういえば私が生まれついた機能不全家族について書いたことで、親戚が少し肩身の狭い思いをしていると聞いた。肩身が狭いっつっても、そんなに読まれてないから気にする必要ないのにね。書いた本人が気にしていないというのに、何が心配なんだろう。

午前中いっぱいは雪かきだった。正直、これだけ降ってしまうと、雪かきする意味 is なに？　という気持ちしかしない。だって、車も出せないんだし、家にいるしかないし、家の前の道なんて誰も通らないだろうに。ただただ、近所の人が雪かきをしているから、私も出なくてはという、そういう理由だ。一人じゃいやだから、息子に頼んで一緒に作業。愛犬ハリーも参加。ハリーは雪が大好きなのでテンションが高めでかわいい。クマみたいだね。

今日は週末でもないのに珍しく、家族全員が家にいる。ＪＲも止まってしまい、車も出すべきではない状況で、学校は休校、夫は在宅勤務となった。全員がいるけれど、外が真っ白で粉雪が積もっているため雰囲気がよく、仕事がよく進む。『The Real-Life Murder Clubs』のイントロダクション冒頭の、セメントで満たされたバケツの中に腐敗した頭部という一文で、あれ、これってもしかしてフロリダで発見されたバケツに入った遺体のことかなと思い出した。ジャンクヤードの清掃員が発見したもので、彼は「お腹が空いてるけど、何も食べる気になりません」と発言してて、不謹慎だが少しおかしくて記憶していた。コンクリートで満たされたバケツに入った頭部という事件概要で、一体どれぐらい発生しているのか調べてみた。

２００５年バッファロー、２０１０年フロリダ、２０１２年ミゾーリ、２０１７年アイオワ、そして２００７年のルーシー・ブラックマン事件がヒットした。『刑事たちの挽歌　警視庁捜査一課「ルーシー事件」』（髙尾昌司、文藝春秋）、『黒い迷宮　ルーシー・ブラックマン事件15年目の真実』（リチャード・ロイド・パリー著、濱野大道訳、早川書房）、二冊とも階下の本棚にある。ようし、今から読んじゃうぞと思って、いやいや、作業が先でしょ普通……と、考えたのだった。

しばらく翻訳し、2月下旬に出版予定の翻訳本のあとがきを大急ぎで書く。あとがきって難しい。あらすじを書いちゃうとネタバレになっちゃうし、感想を書いたら感想文だし、一体何を書いたらいいのかと毎度悩むのだった。

## 01/26 木曜日

大雪からの凍結。日中に雪は溶けきらず、夜になった。明日の朝は、再び凍結祭りだ。

昨日から書いていた原稿を入稿したが、戻って来た。もう少し村井さんの経験を書き足してほしいということだった。文字数を増やしてもいいということだったので、午前中に書き足して送ろうと思ったが、私の妖怪アンテナが何かを検知し、少し寝かせてからにしようと考え、午後にもう一度読んでみたら壊滅的だった。ひどい。なんというひどい文章だろう。ぶざまだ。がっくりときて、すべて書き直すことにした。

ある程度書いてあれば、直すのも楽だろうと思われがちだけれど、そうでもない。例えば、カレーライスを作ったとしよう。「じゃがいもを里芋に差しかえる」としたら、最初から作り直すしかない。そんなケースはあまりないが。

というわけで、最初から書き直しである。もちろん、自分でそうしようと決めた。結局、3時間ぐらいかけて最初から書き直し、再び寝かせることにした。編集者さんが締め切りを延ばしてくれたので、ぎりぎりまで粘ってみよう。初めてお仕事する方なので、がっかりさせたくない。

少し横になっていると、息子たちが戻って来た。人懐っこい次男がTikTokの動画をＬＩＮＥ経由で送ってきて、「これって本当だと思う？」と聞くので、「どう見ても加工じゃん！」と答え、なんだか自分が嫌になった。もうちょっと言い方（書き方）があると思った。

ぱっと見は本物のように見えますが、よくよく見てみると、画像が加工されているようですね。

乱暴な母でごめんね。

暗くなってから翻訳を開始。

## 01/27 金曜日

仕事の相棒とも言えるシルバーの巨大な魔法瓶には、ゴリラのマグネットをつけている。キングコングが登ったエンパイア・ステート・ビルを意識し、魔法瓶の蓋を目指して登っているようなスタイルにしている。私はどちらかというと武骨なプロダクトが好きで、特にキッチン用品はがっしりとしたものが好み。この魔法瓶も3リットル入る最大クラスの製品だ。お湯の計量機能がついているので、お料理などに便利だ（どれぐらいのお湯を注ぎ入れたかわかる仕組み)。今日は朝から緑茶を飲んだ。これからはお茶にハマってみたい。気が短いのでお茶を飲んでまったりという状況が理解できない。しかし、そういう時間が必要なのはわかる。気づいたらハマっていたというよりは、ハマってみたいという姿勢だね。

朝からしっかり翻訳をやるつもりが……義父から電話があり、薬が足りなくなってしまったということだった。ここで、「それは大変ですね」と突き放すのもアリだが、私はどうしてもそこまで冷たくできない。なぜかというと、例えば三軒隣の山田さん(仮)が、「薬が切れてしまったんです。申し訳ありませんが、病院まで薬を取りに行ってくれませんか」と頼んだとしたら、私は「いいですよ」と答えて行ってあげると思うのだ。だから、夫の実家に向かって診察券と保険証を持って病院に行って、義父の薬が切れたので一ヶ月分だけでも処方してもらえませんか、今日は大雪で90歳になる義父を連れてはこられなくて……と言ったが、あっさり却下。チッ……。結局義父を連れて病院へ。午前中が潰れた。私は薬の管理に大変厳格なので、「薬を切らしてしまう」という義父が信じられない。あまり会話することもなく別れた。

## 01/28 土曜日

朝、司法書士からメールが来ていることに気づく。

静岡家庭裁判所島田出張所より予納金の納付の通知を、送付すると連絡がありました。予納金の納付をお願いします。予納金額は50万4230円とのことです。細かいことは手紙を同封するそうです。

とあった。3年前に死んだ兄の相続財産管理人の申し立てをし、それにかかる費用だ。なぜ相続財産管理人の申し立てをしたかというと、祖母（故人）の名義のままとなっている実家の処分をするため。なぜ実家の処分をするために兄の相続財産管理人を決めなければならないのか、理由は司法書士の先生（ちなみに兄と同い年だった）に説明してもらったのだが、もうほぼ忘れてしまったし、調べる体力もない。兄のことになると、興味より絶望が勝つ。

ようやく稼いだと思ったら、右から左へ。くそ。迷惑ばかりだ！　でも見てろ、10倍は稼いでやると、暗い目をしながらがんばって、今日は翻訳が進んだ。災い転じて福。

## 01/29 日曜日

ジャングル本担当者、亜紀書房の内藤さんから朝に電話がある。某書店でフェアをやって下さるという大ニュース！　よし、がんばるぞということで、ますます仕事に気合いが入る。ちなみに内藤さんは明日からボルネオのジャングルで来月まで日本には戻らない。ディート（最強の虫除け剤）を準備したそうだ。生きて戻ることができますようにと笑いながら言ってしまった。第三校が数日後にわが家に戻ってくる。そして三回目のチェック。正念場だ。見落としなどありませんように。ジャングル本の作業に入って、どれぐらい経っただろう。長すぎてもうよくわからない。なにせ500ページだから。

今現在担当している翻訳本は、A社で二冊、B社で一冊、そして大和書房の『The Real-Life Murder Clubs』。同時進行というよりは、日替わりで訳している。すべて全力。当然です。

## 01/30 月曜日

再び雪。

朝イチにB社向けの翻訳書のサンプルを送る。各章が短めで訳しやすい。著者は女性で若者向けに書いている(だろう)こともあって、文章はとてもシンプルで明快。こう書きたいものだというような、お手本みたいな文章。サンプルを気に入ってもらえるといいけど。

洗濯を急いで済ませて、部屋をぴかぴかにきれいにしてから、『The Real-Life Murder Clubs』の翻訳スタート。作業前には絶対に部屋をきれいにしたい。昨日の夜に、ようやく第一章に入る。殺害されたのは当時24歳のクリスタル・セオボルド。この事件、『Why Did You Kill Me?』というタイトルでNetflixオリジナルドキュメンタリーになっていた。公開が2021年で、邦題は『なぜ殺したの?』。

記憶がある。視聴したはずだ。とりあえず、明日視聴し直すこととして、今日はReddit(アメリカの掲示板型ソーシャルニュースサイト)で事件概要を少し調べ、実際の翻訳をスタートした。母親が事件解決に重要な役割を果たしたが、その方法がある意味ユニークというか、度胸がある。しかし、子どもを事件で失うなんて、想像したくもないことだ。訳しながら、残された家族を思って辛くなった。母は強しと言うけれども……

夜。また雪。家に届け物をしてくれた女性の車が、駐車スペースに積もった雪で動かなくなってしまって、夫が雪かきをして、ようやく出庫できた。やれやれ。

寝る前、リビングを再びぴかぴかに掃除。最後にメールをチェックしたら、対談の依頼が舞い込んでいた。そして、明日締め切りの20枚（8000ワード）があることに気づく。とりあえず寝よう。

## 01/31 火曜日

明け方まで雪。ため息が出そうなほど長い一日。

朝の8時半から書きはじめた原稿用紙20枚分の文章は、午後1時頃に終了&入稿。

最近、長い文章を書くときにやっていることがある。書きたいトピックをあらかじめ4つ選んでおくのだ。起承転結というわけではないが、4だときりがいいのでいつもそうしている。今回も、ひとつのトピックで5枚（原稿用紙）、合計、20枚完成。毎月20枚は結構きついね。これも試練じゃ。

何度か推敲したが、自分ではもう何もわからなくなり、とにかく担当編集者さんに送る。彼女に見てもらったほうがいいに決まっている。

少し仮眠をとろうと思ったが、愛犬ハリーが真横に来て肉球のメンテナンスをはじめ、それを見ていたらあまりにもかわいくて寝ることができなかった。しかたなく起きて、Netflixで『なぜ殺したの?』を視聴。今現在訳している『The Real-Life Murder Clubs』に大いに関係ある作品。見ておいてよかった。登場人物である被害者女性の母、強すぎる。新しいタイプのドキュメンタリーだな。ワルにはワルのやり方がある。

# 2023年

# 2

# 月

## 02/01 水曜日

雪が溶け出した。雪が完全に溶けて、風景の解像度がぐっと上がる瞬間が好きだ。

『The Real-Life Murder Clubs』の第一章。事件被害者クリスタルの母ベリンダは、昨日Netflixで確認したし、被害者クリスタルや親戚一同も全員確認。事前に観ておいてよかった。想像していた家族と少し違った（いい意味でも悪い意味でも）。ドキュメンタリーだから登場人物本人が出演していることもあって、訳す側からするとありがたい情報が詰まっている。

午後、亜紀書房の内藤さんからジャングル本の第三校戻る。488ページなのでずっしり重い。お昼ごろ朝日新聞出版の日吉さんから電話があり、3月出版の単行本の第二校がもう少しで戻ることがわかる。表紙も見せてもらったが、この一冊にもハリーが登場。すごくいい感じ……というか、最高。それにしても表紙へのハリーの登場率高し。こちらは184ページあるので、二冊分戻ったら村上春樹の新作『街とその不確かな壁』（新潮社）と同じページ数だ。ページ数ではなく部数で迫りたい。いずれも、短期間でチェックしなければならない。

息子たちが帰宅してから、翻訳夜の部スタート。今日はきりのいいところまで仕上げてしまおう。

## 02/02 木曜日

雨。雪はかなり溶けている。

朝、3月出版予定のエッセイ集第二校が戻る。ジャングル本も戻っているので、どっさり700ページ。どっさり700ページをテーブルの上に一旦置いて、今日は朝から『The Real-Life Murder Clubs』の第一章。被害者の母の語りが多い箇所を訳しているので、昨日から何度か視聴したNetflixオリジナルドキュメンタリーをおさらいし、イメージを固めた。それにしても、母ベリンダのキャラはすごい。ひとことで言えば、ギャングスタお母さんってところだろうか。破天荒だが情の深さは十分伝わる。頼りがいのある人なのかもしれない。ママ友にいたら面白いかも。料理は上手そうだ。スパイシーな料理だろうな、たぶん（なんの妄想だ）。

今日は朝から作業が順調に進み、トータルで8000ワード（英語）。訳すと文字数は増えるので、日本語で1万ワードだった。翻訳の場合、英文というお手本があり、それを日本語の文章にしていくわけだから、何も無い状態から書くのに比べれば（例えばエッセイなど）、楽とは言わないが、安心して作業ができる。特に女性の語りは訳しやすい。語尾を適宜調整しながら書いた。語尾が過剰に女性言葉になると好かれないのはわかっているので、足したり、引いたり、工夫を重ねながら、登場人物の年齢、性格、バックグラウンドに合わせる。声も重要なヒント。だから映像があるのはありがたい。

今日は、まずまずの一日だったが、謎のダウナーがはじまっている。眠れなくなってきていることが原因なのかもしれない。頭の中が忙しく、夕べは夢のなかでも仕事をしてしまった。やれやれ。カニでも食べるか。甲殻類は正義。

## 02/03 金曜日

節分。循環器科通院日。予約時間の30分前に到着、8時45分に呼ばれ、診察3分で終了。元気なのでそれでよし。処方箋を持って薬局に行き、薬をもらって病院を出て、次は銀行の窓口へ。地方裁判所に支払う予納金はネットバンキングの利用はできない（なぜ⁉）。現金持参、銀行窓口からの送金、あるいは現金書留のみ受付だそうだ。ＷＨＹ？　大人しく窓口にて送金。ベテランの行員さんが、裁判所に別途送付する納付証明書をちゃんと見せてくれ、こちらですよと言ってくれる。ありがたい。横の窓口では若い女性行員相手におじいさんが怒鳴り散らしていた。

銀行のあとスーパーに立ち寄ると、そこはすでに恵方巻きフェス会場だった。恵方巻きがあれば夕飯を作らなくていいのだから、買う人が多いのは納得。私も数本買って帰宅。午後、週刊誌のインタビュー。Zoom。楽しい方だった。お友達になれそう。

私が、どんな困難をも乗り越える明るいキャラの母であり翻訳家でありエッセイストのようなイメージを読者に持って頂いているのであれば、それはありがたいことだと思う。が、私の頭のなかの自分自身の声は、決して100パーセントそうではないことを示している。……ような気がする。

3月刊行のエッセイ集のチェックをし、2月末刊行予定のノンフィクション(ジャングル本)のチェックをした。しかし本調子ではなく、気分が重い。チェック作業を諦め、翻訳に切り替えた。『The Real-Life Murder Clubs』をさっと数ページ訳してから、別の連続殺人系ノンフィクション担当本のページを進めた。こちらはかなりダークで、危険で、酒とマリファナの匂いが立ちこめるような物語だ。今日はこっちの気分だ。訳していたら、なんだか背筋が寒くなった。血の滴るイメージ。

寝る前に、太田出版から依頼されている短いノンフィクションの一冊を少し読む。作業はスタートしていて、そろそろ二章が終わる。3冊同時に訳していることになる。メモ書きを3枚作成しながらの作業になるが、それについてはまた明日。

## 02/04 土曜日

掃除の一日。気分が上がらず、ただひたすら掃除。掃除しながら、ここのところ数ヶ月にわたって書いている原稿のセリフを思いついた。

「お前まさか、美優みたいになろうと思ってるんか？　お前がこれから先、いくら出世して金持ちになったとしても、お前と美優は生まれたときから違う。お前がこの先どれだけがんばったとしても、絶対に美優にはなれない。お前は一生、美優の前では情けないお前のままや」

ひどいセリフだ。

## 02/05 日曜日

金曜日に書いた、翻訳中のメモ書きについて。

翻訳を仕事としている人だったら誰でもやっているとは思うけれども、用語統一のために訳しながらいろいろとメモをしていく。昔は律儀にエクセルシートで用語集を作っていたのだが、最近はA4の紙に手書きでメモするようになっている。なぜかというと、手書きの方が記憶に残るからだ。不思議と、エクセルシートでまとめられた用語集を見ながら作業するより、手書きのメモで作業するほうが早いこともある。紙に書いているようで、実は頭のなかにメモを残しているのかもしれない。なにやら頭と直結している気がする。

紙のメモは、一冊が終わるころにはボロボロになっている。子ども向け映画に出てくる宝島の地図みたいだ。無事出版となったら、たっぷり溜まったゲラと一緒にさようなら。保管しておけばいいのにと何度か言われたことがある。確かに、保管しておいたら後々何かのヒントになるのかもしれない。でも、怨念も残りそうで一冊が終わったらきれいさっぱり処分することにしているし、頭のなかにはほぼ残る（数年後には消えるけどね）。

ママ友とLINEで「バレンタインのチョコは買った？」と確認しあった。バレンタインに息子が誰からもチョコレートをもらえなかったら気の毒だからと、毎年一応用意するそうだ。優しいねえ。私も毎年、おしゃれ過ぎず、ひねり過ぎずのチョコを買って息子たちに与えている。どういうチョコレートかというと、ヨックモックだ。ヨックモックはすごい。懐が深い。手作りのヨーグルトチキンカレー（スパイスたっぷり）よりもポケモンカレーの方が絶大な支持を得られるのと同じで、子どもの味覚は親が思うより成熟していない。もう16歳だから、子どもと言っては怒られるかもしれないが。

それにしても、まったく気分があがらない一日だった。

## 02/06 月曜日

琵琶湖女子会という集まりがあって、結成から何年経過したかは忘れてしまったけど、今日は定例ランチ会だった。そもそも6人だったメンバーが5人になってしまったのは2年前のクリスマスのこと。メンバー内でもっとも元気だった人が突然他界してしまったのだが、このたび、彼女が納骨されたと聞いて、全員でお墓参りに行って来た。

琵琶湖を見渡すことができる美しい霊苑に現地集合、彼女の眠る墓前に女5人で立つ。北欧デザイン風マグカップのお供えの水がとてもきれいで、その日、誰かがすでに彼女に会いに来ていたことがわかった。メンバーの一人によると、彼女の両親が毎日欠かさず来ているとのこと。両親の住む場所が霊苑からそう近くないことは、私たちの誰もが知っている。二人の気持ちを思うと切なくなる。

ついでというわけではないのだが、もう一人のメンバーのお父さんが眠るお墓にも(偶然、同じ霊苑内）お参りをした。穏やかで素敵なお父さんだった。どうぞ私たちを見守っていて下さいねと祈りながら、手を合わせた。

全員でわが家に向かい、持ち寄った食べ物でランチ会スタート。私は自慢の巨大魔法瓶の前に座ってお茶係を務めた。メンバー全員が自営業者なので、その苦労をひとしきり話して、数時間後に散会となった。

今日はなかなか仕事の気分になれず。確定申告の準備をする気にもなれない。

## 02/07 火曜日

そういえば昨日聞いた面白い話。琵琶湖女子会のメンバーの一人曰く、「うちの墓は、区画内に墓石がゴロゴロいっぱいある」。どういうことやねんと理由を聞いたら、自分だけで入りたいとか、あの人とは入りたくないとか、そういう事情があったそうだ。イイネ！　正直で。つい最近まで土葬だったらしい（50年ぐらい前まで）。最近というのか。

それからランチ中に思いがけず聞いた話なんだけど、中小企業の経営というか、誰かを雇うっていうのは本当に大変なことなんだなという事件が友人たちの身に起きていたと知り、震え上がった。最近、わけのわからないクレームなどが大変増えているということだが、やっぱり人間が一番怖い。間違いない。ひえ〜こわ〜と大声が出たけど、いや、本気で怖いよ。

そんなことを考えつつ、突然確定申告の書類を集めようと思い立ち、山ほどの書類を整理した。スキャナで読み込んだり、ダウンロードしたりしてファイルをまとめ、メールでずばっと送信。医療費は余裕の10万円超えだ。生きるための課金である。世の中には良い課金と悪い課金があるそうだが、私の医療費は良い課金だろうね。

一時間ほどかけて半分ほど作業が済んで気分すっきり。ここのところ数日続いていた謎のダウナーが少しマシになった。

午後、小学館から書類が届く。私立中学の受験問題に引用された『本を読んだら散歩に行こう』（集英社）の使用許諾についての書類で、実際に引用された箇所も確認できたのだけれど、小6キッズがこの長さの文章を読むのかと驚いたし、引用されていた箇所が私の盛大な愚痴だったのにも笑いがこみ上げてしまった。愚痴オブザイヤー2022だよ。キッズたちごめんね。ここを読ませるってすごいね？　君たちのお母さんが私みたいなことを考えているとは限らないからと小6キッズに言い訳したくなった。アハハハ。

夕方長男が戻り、少し話して488ページのゲラをチェック。2月末刊行って本当かしら。オーストラリアの地図を拡大して、パースからブルーム（Broome）までの距離を確認した（２４００キロ）。事実確認が一番めんどくさくて、そして大事。校正者が拾ってくれた疑問点に大いに助けられた。ありがとうございます。

夕飯の支度をしたら、翻訳作業・夜の部をスタートさせる予定。そうそう、今日は『エデュケーション　大学は私の人生を変えた』文庫版（早川書房）の発売日でもあった。祭りか。頼む、売れてくれ。素晴らしい一冊なんだ。

## 02/08 水曜日

ジャングル本の三校とにらめっこをしている。地名が多く出てくるのだが、距離感が摑めない。Google Mapsを確認しながらの作業だが、亜紀書房の内藤さんと情報共有できるように、地図をプリントアウトして原稿に挟み込む。確かに原書の記載通りの距離だったり標高だったり、川の長さだったりするわけで、文字情報が地図上で示され、ぐっとわかりやすくなるうえ、なんとなく著者との距離感が縮まったような気持ちの悪い錯覚まで。でも、原書が間違っていることもあるから油断は禁物だ。

明日には戻さなくてはならない。残り３００ページ。今夜ですべて見なくては。

昨日、『エデュケーション　大学は私の人生を変えた』文庫版の発売日だった。著者のタラ・ウェストーバーはアイダホの山の中で孤立した生活を送っていた。両親は厳格なモルモン教徒で、彼女や兄姉から自由を奪う。ホームスクーリングで育てられた彼女がハーバードに行くまでを描いた回顧録だが、実は同じ時代に、アイダホの隣のユタ州に、のちのシリアル・キラーがいた。イスラエル・キーズだ（彼については拙訳『捕食者―全米を震撼させた、待ち伏せする連続殺人鬼』（亜紀書房）を参照してもらえたらラッキー）。ユタの山中で孤立した生活を送り、ホームスクーリングで育てられた彼は、やがてアラスカに移り住み、シリアル・キラーになる。同じくユタの殺人鬼キーホー兄弟とも知り合いだったそうだ。

タラの兄は大変乱暴な人物として描かれており、彼らと同じく白人至上主義者であり、最も嫌なのは、動物を虐待するという共通点があるということ。なんなんだろ、山の上で孤立した環境で育てられてしまって、ありあまったエネルギーの行く先がなくなると、凶暴になってしまうのだろうか。キーホー兄弟は警察官と撃ち合いの末逮捕されたが、そんな人たちが同じ時代にまあまあ近い場所で生きていたというのも怖い話だな……。

## 02/09 木曜日

仕事をしていたら次男からＬＩＮＥが入って「かあさん、体操着忘れた」ということだったので、急いで学校まで体操着セットを届けに行く。学校までの国道が工事中で、警備員のおじさんが大勢立っていて、彼らが全員、兄に見える。

兄は3年前に突然亡くなったが、亡くなる直前は警備員の仕事をしていたようで、部屋には制服が置いてあった。工事現場に立っていたらしいのだが、糖尿病で高血圧で狭心症だった兄が、あの寒い宮城の多賀城（兄が没した場所）で警備員……と考えると「なんでそうなったのか」という気持ちがじわじわ湧いてくるとともに、私と兄の差なんてこれっぽっちもないとも思うのだった。最後に警備員として働いたのは亡くなる4日前（カレンダーに○がついていた）。亡くなったのは、水道局が派手なオレンジ色の紙で警告した、給水停止日当日だった。

兄の人生は、どんなものだったのだろう。考えたくはないが、孤独だったのではないか。両親が兄の晩年を知らずに逝ったことだけが救いだ。父方の叔母が、「わが一族の男たちは全員メンタルが弱い」と言っていたが、それが真実かもしれない。そんなことを考えながら次男の高校に到着し、体操着を無事手渡した。帰り、その次男に頼まれマクドのチーズバーガーを8個買う（夜食べるから買っておいてくれと頼まれた）。賑やかな息子たちがいるため私の人生は孤独とは無縁のような気がするが、頭の中は常に孤独で、兄に振り回されている。なぜ忘れさせてくれないのだろう。

家に戻ってジャングル本三校をチェック。あとがきが壮大なネタバレになっているので、同じ文字数で書き直すことに決めた。決めたと言っても編集者の内藤さんにはまだ伝えていない。彼はいまだにボルネオのジャングルにいるのだ。そっと「データ支給します」と三校に書き込んでおいた。それにしてもなぜ私はあとがきでネタバレをしてしまうのだろう。確か『エデュケーション　大学は私の人生を変えた』（早川書房）のあとがきも、最初の原稿ではネタバレをしてしまい、書き直しをしたのだった。ダメねえ……。『完全ドキュメント　北九州監禁連続殺人事件』（小野一光、文藝春秋）をダッシュで買って読みはじめた。今日は翻訳が少ししかできなかった。寝る前にキッチンとリビングをぴかぴかにして、明日のスタートダッシュは約束された。

## 02/10 金曜日

あっという間の金曜日。今日は渡辺由香里さんのYouTubeチャンネルに登場の日。いや〜、渡辺さん、面白かった〜。渡辺さんとのお話だから、きっと洋書がメインよね……とか思っていたのだが、結局一番盛り上がったのは、子育ての話だった。私から見たら本当に完璧な子育てをされたように見える渡辺さん。でも、子育てって大変ですよねという意見で海を越えてしっかり握手した気分。

## 02/13 月曜日

村井理子、久々の大ピンチだ。月刊文芸誌『すばる』(集英社)で始まる新連載の締め切りを3日過ぎていることが判明。なぜこんなことに……と、真っ青になってGmailを調べたら、なんと担当編集者さんからの丁寧なメールがすべて新着フォルダに分類されていた(いつも全然見ないところ)! ぎえええええええ! なんで自動で振り分けておかなかったのだバカバカバカバカ!!! ものすごく焦ってしまった。本来だったら、一週間前ぐらいから胃がキリキリと痛み出すような、新規連載第一回目の締め切りを余裕で3日超え。村井理子、紛れもないピンチだ。しかしピンチはチャンスだ。俺ならできる。追いつめられたうえに、まだ米が炊けていない。もうすぐ息子たちが帰ってくる（ただいま午後4時）。牛丼で手を打たないか。頼む。

## 02/14 火曜日

バレンタイン。

締め切りに遅れてしまって焦りに焦って、夜、ちゃんと眠ることができず、ウトウトしながらなんとなく（頭のなかで）書いてしまい、明け方むくりと起きて原稿にした。そこから二度寝して、ちゃんと起きてから清書して、入稿した。たぶん大丈夫。遅れていた原稿を送った途端に、別の原稿（新潮社Ｗｅｂマガジン『考える人』連載「村井さんちの生活」）の督促が！　ああっ、うっかりしていた！　新潮社の白川さんからＬＩＮＥが来てようやく気づいた。最近、もの忘れというか、生活が慌ただしく、忙し過ぎてスケジュールの調整がうまくできなくなってきている。メールも見落としがちなので、気をつけなければならない。遠慮なしに電話して欲しい。編集者さんに気を遣われるようになったらお終いである。

結局、2本の原稿を仕上げて、少し休んで、本日も『The Real-Life Murder Clubs』の翻訳。昨日読んだ『ひとりだから楽しい仕事　日本と韓国、ふたつの言語を生きる翻訳家の生活』（クォン・ナミ著、藤田麗子訳、平凡社）によると、彼女はなんと日本文学をすでに300冊も訳している。ちょっともう、想像を超えた世界だ。クォン・ナミ氏が翻訳を続ける限り、私がいくら翻訳しまくったとしても、仕事のしすぎなんてことは言われないだろう。追いつきたいが、絶対に無理。

## 02/15 水曜日

大和書房のWebマガジン『だいわlog.』で、この日記が初公開された日。3月7日発売の『ふたご母戦記』（朝日新聞出版）の情報が解禁となった日。ジャングル本こと『消えた冒険家』（亜紀書房）の発売が3月11日だとわかった日。文芸誌『すばる』の連載1本目の初校が戻った日。雪のため電車が止まり、遠くまで次男を迎えに行った日。帰り、どうしても寄りたいと言われ、くら寿司へ行った日。閑散としたくら寿司で4800円。どれだけ食べるんや。

それにしても、慌ただしかった。今日は電話がよく鳴った日だった。家のなかが雑然としてきて、酷く落ち着かない。疲れてはいるがやはりリビングを掃除することにした。視界に物が溢れるのが嫌だ。ミニマリストじゃないけど、ガチャガチャとした景色が堪える。

ああ、疲れる。今日は翻訳は無理だった。

## 02/16 木曜日

朝早くに起きることはできたが、頭の中が空である。

CCCメディアハウスの田中さんから久々にSlack経由で連絡があって、馬鹿話をして、テンションは思い切り上がったものの、頭のなかは相変わらず「無」。何か書こうとしても、真っ黒に塗りつぶされた壁のようなものしかそこにはない。またこの時期が来た。

## 02/17 金曜日

アサ　11じ　お預かり　ヨル　6じ　お渡し

## 3 Every Day Best Price
## スーパークリーニング　Cleannet

ＪＲ膳所駅前餃子の王将、いつもの席。通りに面した店舗の窓から見える文字列。Every Day の前の「3」が謎である。

席に着いてスムーズな動作でタッチパネルを手にし、焼きそば、ジャストサイズの餃子（3個）、同じくジャストサイズの春巻き（1本）を頼み、すぐさま『完全ドキュメント北九州監禁連続殺人事件』の続きを読みはじめる。数日前から夢中になっているのだ。あっという間に焼きそばが運ばれてきたので店員さんにお礼を言って、さて頂こうと思い、気がついた。斜め前方6人席に老夫婦が困惑した表情で座っている。おじいさんはタッチパネルに挑戦しているが、おばあさんは紙のメニューを見ている。この店はタッチパネルの注文がメインで（ビジネスマンや学生の客が多いからなのか？）、紙のメニューは置いてあるものの、席に呼び出しボタンは設置されていない。

おばあさんが何度も手を上げて店員に注文を取ってもらおうとするのだが、忙しい厨房内で彼女の訴えに気づく人はいない。気になった。非常に気になった。そして辛くなった。あまりにも気の毒だった。おじいさんはタッチパネルを手に、首をひねったままだ。

箸を置いて立ち上がり、周囲の客に気づかれないように、目立たないように、6人席のおじいさんが座る側に滑り込むようにして腰掛け、「お手伝いしましょうか？　ここの店、タッチパネルでないとダメみたいなんですよ。いえね、暇な時間だったらきっと店員さんも来てくれると思うんですが……どうされます？　ラーメン？　チャーハン？　餃子はどうします？」と声をかけた。

私は再び慣れた手つきでタッチパネルを操作し、老夫婦のために注文をした。厨房内で若い女性が「オーダー、通しま〜す」と明るい声で言ったので、任務は完了。「それでは、突然失礼しました」と伝え、私は素早く席に戻った。

→ちなみに書体変更部分、私の妄想ね（老夫婦は実在）。

焼きそばを食べつつ、こんな妄想を繰り返し、店員の動向と、何度も手を上げるおばあさんの様子をハラハラしながら見守っていた。少し気難しそうな人たちだから、お節介なことをしたら叱られるかもしれない。気持ち悪いと思われるかもしれない。だから、もう少し見守ろう。でも、どうしても店員が来てくれないようなら、勇気を出して声をかけよう。こんな苦しいシチュエーションはここからさらに数分続き、最終的に店員がオーダーを取りに来てくれた。

あー、よかった。そう思いながら、焼きそばに再び集中しようとした、そのときだった。左横の4人席、プラスチックの衝立の向こうのカップルの会話が妙に気になりはじめる。男性は私より少し年上だろう。スーツ姿だった。男性の前に座る女性は、私とあまり年齢が変わらない印象で、白いセーターを着ていた。茶色く染めた、肩につく髪。濃いめのメイク。ワインレッドに塗られた指先。ちなみに私は超高速タイピングのために爪は絶対に伸ばさない。

男性が大きな声で言う。「どうする？　こっちの野菜炒めもちょっと試してみよか？」

女性は、小さな声で「うん」と答えた。頬を若干赤らめて（赤らめたように見えた）。

え？　まさかのカップルか？

胸をざわつかせながら横目で二人のテーブルをしっかりと確認すると、なんと10皿ぐらい注文しているではないか！　テーブルが皿でいっぱいである。どういうこと⁉　大食い系YouTuberとか？

男性はいちいち皿の料理を評価する。

「この麺と油のバランスやったら、やっぱりもう少し塩は必要やろな。バランス的にＭＳＧが多すぎるねんなあ」（注：ＭＳＧ＝グルタミン酸ナトリウム）

「揚げ方はええんやけども、どうやろうなあ、もう少しパンチがあってもええかもしれん」

そんなことを言っている男性に対して、私とそう年齢が変わらないであろう女性は、頬を染めながら、「うん、うん」と頷いていた。なんじゃろ、このシチュエーション？

そしてとうとう、男性は店長を呼んだ。「ちょっと！　店長来て！」

度肝を抜かれた。「シェフを呼んでくれ！」を餃子の王将で目撃するとは！　きょとんとした顔でやってきた丸顔の店長に、男性は言った。

「ここのお皿、見て。ここにタレが残ってるやろ。これ、どの段階で片栗粉入れるん？」

私はドキドキが止まらない。とんでもないことがはじまっちゃってるので、落ち着かない。しかし、男性の前に座る女性は明らかにその状況を喜ばしいこと、あるいは、もしかしたら、いや確実に、セクシーな何かと捉えている！

「俺から言わせてもろたら、ここの炒め物は二流や。調味料の入れ方のタイミングもおかしいと思う。まあ俺ら、会社の経費で食わせてもらってる身分なんですよね。だからこそ、常にベストなものを求めたい」

店長、キョトーン。私はすぐさまiPadを開いて、やりとりのメモを取った。中年カップルに厨房内の店員たちの視線が集中していた。私も、遠慮なしに男性の顔をじっと見て、前に座る女性の顔もまじまじと見た。そして気づいた。この二人、まるで北九州監禁連続殺人事件の松永と緒方みたいな関係性に見える。ゴテ倒す松永と黙ってうつむく緒方の図ではないか！

結局、この男性は店長に水溶き片栗粉の投入タイミングについて意見を述べ続けた。私は怖くなって急いで焼きそばを食べ、春巻きを食べ、餃子を食べ、足早に店を出た。まったく予想だにしなかった場所で、水溶き片栗粉ニキに遭遇してしまった。人間が一番怖いというけれど、それは本当だ。

日記なのに長いね。

## 02/18 土曜日

『優雅な生活が最高の復讐である』（カルヴィン・トムキンズ著、青山南訳、田畑書店）

『暴力と不平等の人類史――戦争・革命・崩壊・疫病』（ウォルター・シャイデル著、鬼澤忍・塩原通緒訳、東洋経済新報社）

『ハッピークラシー――「幸せ」願望に支配される日常』（エドガー・カバナス著、エヴァ・イルーズ著、高里ひろ訳、みすず書房）

『傷つきやすいアメリカの大学生たち――大学と若者をダメにする「善意」と「誤った信

念」の正体』（グレッグ・ルキアノフ＋ジョナサン・ハイト著、西川由紀子訳、草思社）

4冊購入。先日、わが家の蔵書のなかから、もう読むことはない、あるいはKindleで購入しなおしたなどの理由で200冊ほど古書として手放したのだが、また増える。やれやれ。

朝からパソコンに向かっているものの、翻訳はあまり進まず。こういうときは、丁寧にゆっくり進むことを目指そうと思う。ちょっと働き過ぎなのかもしれない。しかし、こんな状況がそう長くは続かないのもわかっている。しばらく書いたが、一時間ほどで頭の中は漆黒の闇。もう寝るしかない。zzz

## 02/19 日曜日

ダウン（メンタル）。

## 02/20 月曜日

義父通院日。朝イチの予約なので慌ただしかった。非常に面倒くさいと考えてはいけないと思いつつも、大変面倒だ。なにせ、後期高齢者は身支度からして時間がかかる。イライラ待つのは気の毒だから、いつも早めに行って、「私、コーヒー飲んで待ってますから」と言い、ゆったりと待つことにしている。

義父を病院に連れて行き（認知症の義母を一人にしておけないので、義母も一緒に連れて行き）、実家に送り届け、急いで自宅に戻って仕事開始。この時点ですでに昼。普段、昼から午後3時ぐらいまではあまり仕事が捗らない時間帯で、いつもだったら短時間の掃除に切り替えたり、思い切って買い物に出たりするのだが、今日は仕方がない。なんとか作業をする。

仕事場のリビングに西日が差し込む時間帯、かなり情緒不安定になる。特に冬場はそうで、これは中学生のときのトラウマによる。14歳ぐらいのとき、混雑したバスの一番後ろの席に座っていたのだが、背後の窓からめちゃ強い日差しが入り続け、とても不快だった。なにが不快だったのかはよくわからないが、母は「普通、暖かくてうれしくない？」みたいなことを言っていた。家に帰ってセーラー服を脱ぎ散らかして憤慨したのを覚えている。意味わからん青春。

仕事をなんとか片づけ、夕方から、ドキュメンタリーを観る。

Happy Face Killer ことキース・ハンターの実の娘で作家のメリッサ・ムーア（『Shattered

Silence』（２００３）という著書がある。最近TikTokで彼女の投稿とその存在が有名になって、年明けにペーパーバックになった）が出演するドキュメンタリーがあると小耳に挟んだので、休憩中に探したらすぐに見つかった。『モンスター・イン・ファミリー』。それもアマゾンプライムで配信中。それはちょっと見ないわけにはいかないねと思い、夕食の準備をしながら、キッチンに設置したiPad miniでエピソード1を視聴。シリアル・キラーの娘というだけでも辛い運命を背負っているのに、被害者遺族の救済のために、加害者の子として謝罪に赴くっていうのは、相当の勇気が必要だと思う。そんなこんなでフルエピソード視聴（ouch）。

夜遅くになって焦って翻訳作業再開。気がついたら10日後に太田出版藤澤さんから依頼の翻訳書の初稿締め切りだ。月末に出しますと彼女に豪語したので、出さなくてはならない。どうしたらいい。まだ全然進んでいない。

## 02/21 火曜日

またもや大雪！　雪が降ると多くのことが許されるような気がする。電車が止まれば学校が休みになるし、急ぎではない用事だったら「今日は大雪だからね〜」などと言って延期したってあまり叱られずに済む。しかし、締め切りだけはダメだ。

最近、自分のキャパシティより多くの仕事を請け負ってしまっているような気がしてならない。春になったらイベントなんかもあるし、私、大丈夫かなと、ふと思う。メンタルがどんどん暗黒面に引きずられていくような気がしているんだけど、でも、一晩寝ると、かなり復活する。それは大変いいことなんだけど、そんなに簡単に復活するなよとも思う（自分に）。すぐ復活してくるやん？　いいことだけどさ。

しかし、受信したことに気づいていないメールが増えてきているのはどうにかせねばならない。今日も三通見つけた。イベントの件、献本のお知らせ、そしてなんと翻訳のご依頼ではないか！　どれだけ見過ごしているのだ！

## 02/22 水曜日

雪が溶けかけている。月末までに出しますよと豪語した太田出版藤澤さんとの一冊の作業を静かに再スタート。途中、亜紀書房の内籐さんから連絡があり、『消えた冒険家』（亜紀書房翻訳ノンフィクション・シリーズⅣ、3月11日発売）が校了したとのことだった。3月は朝日新聞出版からも一冊出るので（連載の書籍化で『ふたご母戦記』）、祭りのような状態だ。こんな状況でいつまで仕事ができるのだろう。そう長くは無理だな。そろそろゆっくりしたい……と思いながらも、今日も翻訳の依頼を受けてしまった（テヘヘ）。もうダメだ。これこそまさに墓穴。

太田出版の一冊、なかなか面白い。数時間訳していたら、どんどん調子があがってきて、全体の20パーセントあたりまで訳した。月末まであと8日あるから楽勝かもしれないと思っていたら、2月は28日までだった（あと6日じゃん）。どうしよう。今日からますます忙しくなってしまう。まだ米も炊けていないというのに。しかし俺ならできる。

## 02/23 木曜日

朝、カータンの新刊『お母さんは認知症、お父さんは老人ホーム　介護ど真ん中！　親のトリセツ』（KADOKAWA）が担当編集者さんより届く。前作『健康以下、介護未満　親のトリセツ』（KADOKAWA）がとてもよかったので本作もきっと……と思い読みはじめたら、エピローグで涙が止まらない。親の介護は大きな決断をしなければならない局面が多々あって、誰がそれをやるか、誰とやるかで、介護の景色は大きく変わる。すべてを明るく描くカータンだけれど、どれほど涙を流したのだろう。

この年齢になってよかったのは、誰の人生にもそれぞれ大きな悲しみや苦労があるということを理解し、そしてそれに共感できるようになったことだ。私は苦難を明るく乗り切るカータンのパワーが大好き。

## 02/24 金曜日

本を読みたくて仕方がないのに、仕事が詰まっていてその時間も取ることができない。本末転倒ではないかと思いつつも、隙間時間を見つけてなんとか本を読む。小説をたくさん読みたい気分。若いとき、面白い小説を読んでいたら時間を忘れ、ふと気づくとワンルームマンションの窓から夕日が差していて、とても寂しくなったことがあったなあ。あの頃の、読めば時間を忘れるほど没頭するあの感じ、最近、あまりない。これは間違いなく加齢が原因。感情の起伏も加齢で変化する。

今日は朝から調子がよくて、太田出版藤澤さんから依頼の一冊を休むことなく延々と訳していたら、昼過ぎになっていた。かなり進んだと思う。センセーショナルな内容で、出版されたら騒ぎになるんじゃないのかしら、これは！　などと思いながら作業。とにかくスイスイ進んで、気分爽快。このペースになってくると、後は順調だ。夜になっても翻訳をしようという気持ちが途切れず、どんどん訳した。頭に浮かぶ文章に、指（タイピング）が追いつかない。たぶん今日は夜中までやると思う。

夫が明日から長期休暇で家にいるので、いろいろと楽だ（ハリーの世話と高齢者介護を分担できる）。今日の夕ご飯はピザ。薄い生地を買ってきて、生ハムとたっぷりの野菜で作った。美味。これを書き終えたら、もう少しだけ翻訳をしてから寝よう。

## 02/25 土曜日

お昼頃、スーパーで買い物をして駐車場を出ようとしたら、部活帰りの次男とその友達A君にバッタリ出会った。A君は小学校からの同級生で、なんだか不思議な気分。二人とも大人に見える。A君のお母さんとは、あまり会わないのでめったに話をしないけれども、実は大変感謝していることがある。

私が心臓弁膜症で倒れて入院した際に開かれた子供会の会長選出の集まりで、役員から呼び出された夫が、奥さんの病名を参加者全員に説明して下さい（そうしないと来年度の会長候補のメンバーに入れる）と言われたとき、唯一、同情してくれた人だからだ。あのときはありがとうございました。子供会は死ぬほど嫌いです。

話を戻すと、ばったり出会った次男とその友達A君。夫の実家に行こうと思っていたので、これは大チャンスと次男を拾い、一緒に実家へ。到着すると人当たりのいい次男は、明るく義母に挨拶したが、義母はいまいちわかっていない様子。あなたはどなたさまでしたっけ……という表情だったが、次男も慣れたもので、「俺っす、孫っす」みたいに説明して、さっさと実家内に入っていった。すると、義父がいない。義母曰く、朝から寝込んでいるということで、義父思いの次男が寝室に行き、声をかけた。義父は死んだふり（当社比）をしていた。死んだふりに慣れていない次男はたいそう驚いたようで、表情が固まっていた。すると義母が小さな声で「わざとやで……」と言うではないか。ハハハ。やっぱり義母もわかるよね。まじめんどくさいね。

実家を出て、次男がラーメン屋に行こうと言うので、つきあった。行きつけらしい。これがうまい、こっちのトッピングがいいなどなど、教えてもらって注文。「かあさん、全部食べられるやん！　びっくりした！」と言っていた。家系ラーメンに行き、数日胃の調子が悪かったのを覚えていたようだ。今度は長男も連れてこようと言い合って帰宅。車中で思ったが、次男は私と話し方がよく似ている。話題の展開が大変よく似ている。怖いくらい、よく似ている。

## 02/26 日曜日

今日は久しぶりに家族で外食の日。肉を食べたいということで、覚悟を決めて店を選んだ（高校生二人が肉を食べると費用がかさむ）。私は家で留守番させているハリーが気がかりだったのだが、息子たちと夫はたいそう楽しそうで、やっぱりたまには家族でご飯を食べに外出するのっていいよな〜と思った。そして気づいたのだが、店長はたぶん元ボクサーだ。

家に戻って夫に、あの無口だけど優しそうな店長はたぶん元ボクサーだねと言ったら、俺もそう思ったと言っていた。間違いない。あの体格、冬なのに半袖（細マッチョなのでフレンチスリーブみたいになっている）、襟足（マレット）。酔っ払いが万が一暴れたら秒でカウンターを飛び越えてくるポテンシャルがあるように見えた。それにしても、自分以外の誰かが作ってくれた夕食は大変美味しかった。3万2000円。高校生怖い。

## 02/27 月曜日

そういえば、10代の頃は、「泣きすぎて翌朝両目が腫れて恥ずかしい」ということが頻繁にあったような気がする。なぜあんなに泣いていたのか。私だけではなくて、私の周りの友達も、翌朝に両目が腫れないように泣く方法を模索していた。あれは一体なんだったのだろう。なぜあんなにも泣くトピックがあったのだろう。そして万が一、まぶたが腫れてしまったとしたら、一刻も早く腫れが引くように努力をしていたと思う。ヘアスプレー缶を振って表面温度を下げて、まぶたの上に当てるとか。腫れは温めるんじゃなくて、冷やすんだよとか。そんなことが『mc Sister』(月刊誌)に載っていたような気がする。ちなみに私は『mc Sister』は買ったことがあまりなくて、『宝島』ばかり買っていた。

連載の8000ワードの締め切りと書籍翻訳の締め切りが明日に迫っている。それなのに、何も頭に浮かんで来ない。今月はまずいことになりそうだ。

## 02/28 火曜日

急に春めいてきたが、山の雪はまだ溶けてはいない。先週ぐらいから登山客やスキー客がぐっと増えたような気がする。駅からスキー場までのバスがスキーヤーたちで満席になっている。暗くなってくると夜釣りの人たちの車でいっぱいだ。極寒の琵琶湖で何を釣っているのかはわからないが、ワカサギか何かだろうか？

そういえば昔ママ友が唐突に「琵琶湖に釣りに行かへん？」と誘ってくれたので、「何を釣るの？」と聞いたら、「小鮎（琵琶湖にだけ生息する小型の鮎）。天ぷらにすんねん」と言っていた。夕食のおかずを釣りに行こうという誘いだった。この人は「野生のクレソン取りに行かへん？」とか、いろいろと誘ってくれる。この人以外にも、玉葱を抜きに来ないか？　とか、新米があるが欲しいか？　とか、本当にいろいろなお誘いがある。

今日は朝から太田出版藤澤さんから依頼の一冊をどんどん訳した。結構なスピードで作業は進み、あと3割ぐらいのところまできた。初稿ができ上がれば、次は訳文に磨きをかける作業だ。別の担当本も平行して作業しやすくなるので、とにかく、目の前にある仕事をきちんと処理していくことが肝心なんだよね。小さなことからコツコツとっていうのはほんまですね。エッセイは……翻訳の方に文字を奪われ、まったく何も思い浮かばなくなってしまった。たぶん、毎月の許容文字数みたいなものが私にはあって、今月はすでにそれを超えている。でも、突然スイッチが入ることが多々あるのでそれを待っている。

# 2023年

# 3月

## 03/01 水曜日

春めいてきたかなと思ったものの、一転、今日は真冬に戻ったかのような寒さ。風も強い。

毎月やってくる8000字（原稿用紙20枚分）の連載原稿を入稿する日だ（実質、一日遅れているのだが）。集英社『よみタイ』連載の「実母と義母」の原稿なんだけど、これが毎月、なかなかどうして大変だ。エッセイっていったら、今まででも最長で4000字ぐらいだったわけで、完全に異次元の長さ。今日は朝早くになんとなく書きはじめて、11時ぐらいで残り2000字になってピタリと手が止まってしまった。

原稿が書けなくなったら（ピタリと止まってしまったら）実はやることがある。これをやると必ず最後まで書ける。私だけなのかもしれないが、今まで裏切られたことはない。確実に書ける。絶対に書ける。この方法については、今まで一度も、どこにも書いたことはない。私の秘密だからだ。

家のなかでできる。

24時間いつでもできる。
道具はひとつだけ。
Amazonで買える。
所要時間30分。

秘密だけど。

## 03/02 木曜日

朝日新聞出版の日吉さんから、どかっと色紙が届く。滋賀県以外にお住まいの方にとってはよくわからない状況だと思うのだが、滋賀人だったら誰もが知る平和堂(スーパーマーケット)の、グループ企業である平和書店22店舗向けに書くものだ。

色紙サンプルには書名『ふたご母戦記』と「よろしくお願いします!」という文言があって、これはたぶん担当編集者の日吉さんが書いてくれたもの。色紙にはだいたい「#琵琶湖しか勝たん」と書いている私は、私は……大人しく日吉さんが書いてくれたものを真似ることにした。

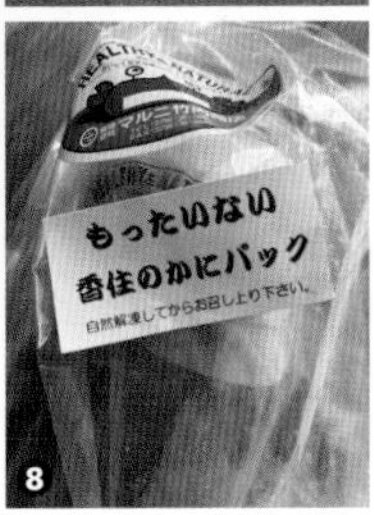

**1.** 大好きなやかん ／ **2.** ぬか床 ／ **3.** 映画の感想を書いた ／ **4.** 焼き餅には大根おろし
**5.** 本棚と草刈り機とペレットストーブと愛犬 ／ **6.** ハリーはベランダが大好き
**7.** 本屋とハンバーガー屋がくっついている奇跡の店 ／ **8.** おいしい蟹 ／ **9.** ママ友と茶会

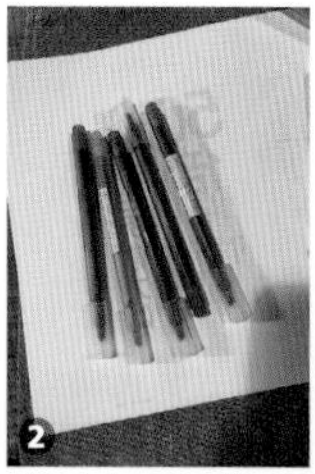

**1.** 平和書店でフェアをしていただいた ／ **2.** 編集者さんのイメージカラーで色分け
**3.** 持ち物は全部落とすので、全部ひもがついている ／ **4.** 平和堂本社、はとっぴー ／ **5.** 怖かった
**6.** 琵琶湖で枝を集める名犬ハリー号 ／ **7.** カータンの本 ／ **8.** 仕事スペース。背中側にキッチンがある

しかしありがたいことだ。滋賀県内の書店に（それも22店舗）色紙を置いて頂けるなんて。ママ友は「一日店長とかやらせてもろたら？」と言っていた。想像したら怖いやろ。そんな恐ろしいことが起きては困る。

午後、太田出版藤澤さんから依頼の『〇〇〇〇』をドカドカと訳す。タイトルはまだ明かすことができない。残りあと少しというところまできたので、エンジンがかかっている。タイトルがすごいことになっているが、内容もすごいことになっている。いま、アメリカで相当売れていて話題になっているそうなので、発売が楽しみである。売れるといいけどなあと考えていたら、亜紀書房の内藤さんから電話が来て、「ハァハァ、僕、いま山なんですけどね……『消えた冒険家』の見本が出ました。それから例の一冊、あがりはいつになりますかね？」ということだった。

一冊が終わり、次の一冊のお話である。内藤さんは不思議な人だ。4月エンドか5月頭にはあがりますと答えた。俺ならできる。

夜、大和書房鈴木さんから依頼の『The Real-Life Murder Clubs』の翻訳を再スタートさせる。『〇〇〇〇』からの殺人鬼にまつわるショートストーリー。私の人生は平凡だけれど、訳している内容は激しいものが多い。

## 03/03 金曜日

『消えた冒険家』(亜紀書房)の見本が届く。亜紀書房の担当編集者内籐さんは「いい本にでき上がりましたよね〜」と連絡をくれた。いや本当に、内籐さんのおかげです。

しかし、この一冊はとても気に入っている。気に入っているというか、原書が私の好みのど真ん中というか、しみじみと、良い本だった。胸を引き裂かれるような思いで訳したし、きっと一生忘れることができない。著者と一緒に希望を抱き、喜び、そして悔しい思いもたくさんした。多くの人に著者ローマン・ダイアルと息子コーディーのことを知ってほしいと思う。それにしても家族が行方不明になるというのは、悪夢以外のなにものでもない。

午後になって朝日新聞出版日吉さんから着電。今月末に行われる、新刊『ふたご母戦記』の大プロモーション計画についての話だった。前代未聞のプロモーションになる予感がしている。大事件すぎてここに書きたくてたまらないのだが、先方の許可を得ていない今の段階では書けない。許可を得たら思い切り書きたい。できれば写真付きで。

滋賀県在住の主婦からすると驚愕の話なのだが、琵琶湖女子会グループチャットでそっと打ち明けたら「それは前代未聞だ」と驚かれた。私自身も驚いているが、当日は東京から遠路はるばる滋賀までやってくる担当の日吉さんと頑張ってこようと思う。

夕方、相続財産管理人である弁護士さんから着電。超絶明るく、超絶早口の方で、私も超絶早口なので、超絶と超絶がぶつかりあい、そこに宇宙が広がった。

## 03/04 土曜日

またもやダウン（メンタル）。何も手につかなかった。季節の変わり目は危険ですな。気分転換しようと、久々に料理本を読む。長谷川あかりさんの『クタクタな心と体をおいしく満たす　いたわりごはん』（ＫＡＤＯＫＡＷＡ）がとてもよかった。実は長谷川さんのツイッターアカウントも大好き。簡単で美味しいレシピがたくさん書いてあって、こんなに書いてくれるなんて親切な方だな〜と思う。特に酒蒸しハンバーグは最高だ。わが家のハンバーグはたぶんこれから先もず〜っと、長谷川さんちの酒蒸しだと思う。

## 03/05 日曜日

朝から隅々を掃除。仕事をする気持ちになれなかったので、思い切って方針転換。居室をきれいにすることに集中した。気分がむしゃくしゃするとTikTokでお掃除動画を見ることにしているが、本日もそんな感じで自分の周辺を重点的に掃除した。

整理整頓して、レイアウトを変えて……なんてことは面倒くさいので、今日はごみ袋5枚分の掃除をやると決めて初志貫徹（つまりどっさり捨てた）。途中、ハリーと散歩に出て、よりいっそうの気分転換を図る。どうしても湖で泳ぐと粘るハリーがアスファルトの上に座り込んで全く動かず、難儀した。徐々に気温も上がってきたので、岩を引きずるようにして家に戻った。外耳炎治療中なので、水に入れることができないのだ。

大きな頭をぐっと下げて、上目遣いに私を睨みながら絶対に動かないと粘るハリーが最高に面白い。おでこにしわが寄り、臨時の眉毛ができていた。バスケットボールぐらいの大きさがある（ハリーの頭）。ハリーはややこしい出来事をすべて吸い込んで消去するブラックホールだ。

## 03/07 火曜日

朝日新聞出版『ふたご母戦記』発売日。足かけ2年ほど月刊誌『一冊の本』（朝日新聞出版）に書いていた子育てエッセイに加筆修正した一冊。子育てについて書くのって、実はちょっと苦手。誤解がないように説明すると、嫌だというわけでは決してなくて、なんだかこう、恥ずかしいのだ。なんなんだろうね、この気持ち。そんなこともあって、担当編集者の日吉さんにはいろいろとご迷惑をおかけしたのであった。

息子たちは来月17歳になるので、そろそろ二人について書くことは辞めようと思う。次は20年後ぐらいでいいかもね。私が生きていたら。息子たちの日々の様子については、実は膨大なメモがある。息子たちからしたら悪夢の記録だろうが、メモのなかからいろいろと着想を得ている。自分宛に書いているようなものなので、息子たちには大目に見て欲しい。

息子たちが小学生、中学生の頃は、幼少期の写真を見ることができなかった。つらかった子育てがフラッシュバックするからだ。しかし最近、高校生になってようやく、昔の写真を楽しめるようになった。幼少期の頃の写真とは、子どもたちの身長が自分より大きくなった時点で見るためにに撮影しているようなものだと気づいた。こんな日々もあったのだから……と確認するために。

## 03/08 水曜日

集英社『すばる』で新連載が始まった。私でいいのでしょうかと思いながら、掲載誌をまじまじと見ていた。私の名前が椎名誠さんの横に印刷されている。

小学校から高校生まで、私の青春は椎名誠さんと怪しい探検隊一色だ。母も、祖母も椎名誠さんの大ファンだった。二人にこの表紙を見てもらえないのが残念（隣に印刷してもらっただけで大げさだけど、私からしたらとてもうれしいことだった）。

今日は猛烈に翻訳作業をし、太田出版藤澤さんから依頼の『〇〇〇〇』の初稿完成。ふぅ〜。なかなかどうしてすごい本だったぜ！　内容を書いたら、どれもこれもネタバレになるので書かないけれど、女として生きていくって結構辛いことあるよなって思いつつ、最後まで無事辿りついたことを喜んだ。巨大なパズルが完成した気分。つまり気分爽快。まったく新しい考え方だし、新鮮だった。アメリカは今、大いに揺れているんだろうな。国際女性デーに仕上がった、出版がとても楽しみな一冊だ。

作業はまだまだ続くわけだが、とりあえず一段落ついたので、今から『The Real-Life Murder Clubs』の作業に戻る。数日ごとに亜紀書房依頼の殺人事件本も仕上げに入る。年内、あと何冊だろう。とにかく前に進むしかない。やるしかない。淡々と、やり続けるしかない。大丈夫、俺ならできる。

## 03/09 木曜日

最近よく、「村井さんは一日何時間作業しているのですか？　家事はいつやっているのですか？」と質問される。詳細はCCCメディアハウスから出版されている『いらねえけどありがとう　いつも何かに追われ、誰かのためにへとへとの私たちが救われる技術』を是非お読み頂きたいのだが、基本的には9時から17時だ。

9時には確実にスタートできるようにしている。これはただ単に私のこだわりというだけで、スタートは何時でもいいのだろうけれど、私自身は9時にスタートできると、とても気分がいい。自分との約束を果たすことができたという気持ちになる。途中で休憩を何度となく（30回ぐらい）挟みながら、とにかく本当に地道に、少しずつ前に作業を進めている。

一行、一行、ただ地道に訳している。淡々と。それしかやっていない。編み物やパズルゲームにとてもよく似ていると思う。私はどちらも好きだ（最近、Triple Match 3Dというゲームに大いにハマっている。翻訳業の人は、Triple Match 3Dはインストールしないほうがいいと思う）。説明がうまくできない喜びが脳内に溢れてくる。対戦ゲームなどでは得ることができない興奮がある。頭のなかで延々とマッチングが続く。

## 03/12 日曜日

午後、琵琶湖女子会メンバーのKさんから着電。非常に珍しいことなので、何かあったのかと一瞬身構えたのだが、彼女曰く、同じくメンバーだったJさんのご両親がKさんの店（園芸屋さん）に来ており、私に会いたいと言っているということだった。彼女のご両親が私に会いに来てくれた理由は、京都新聞で連載している「現代のことば」だった。

実は先月の連載原稿に、琵琶湖女子会メンバーで彼女のお墓参りに行ったことを書いた。その記事をたまたま読んだ彼女の幼なじみが、記事を持ってご両親のもとにやってきた。「これ、絶対にJちゃんのことだと思う！」と、その幼なじみの女性がご両親に伝え、記事を手渡し、ご両親はそれを読んでびっくり。そして、彼女が眠る霊苑にほど近いKさんの店に立ち寄り、村井さんに連絡してくれないか？　となったとのこと。「今から、そちらにお連れしよか？」と言うKさんに、私がそちらに行くわ（ジャージだけど）と答えて電話を切った。

Jさんのご両親のことは、ずっと気になっていた。とにかく仲のよい親子だった。子どもたちの行事には必ず顔を出すご両親が、いま、どのようにされているのか、知りたいと思っていた。最後にお会いしたのは葬儀の日。約二年ぶりの再会。お二人とも元気そうで安心した。京都新聞の記事を彼女の墓前で読んでくれたそうだ。

「子どものことって、あまり知らないんですよ。どんな子だったのかなって今でも思うんです。でもこうやって書いてもらうと、ああ、こんなこともあったのかって思えて、とてもうれしかったです」と、Jさん母。

こんなこともあるのだね。

## 03/13 月曜日

とんでもなくショックなことがあった日。文字を読むのも、音を聞くのも、何をするのも嫌になって、できれば消えてなくなりたいと願ったけれど（結構頻繁に思う）、人生、そう簡単にはいかない。一瞬にして消えてなくなることができたら楽だけど、そうはいかないのだ。とにかく、目の前の仕事を淡々と片づけていくことにした。とにかく淡々とやるしかない。そうすれば嵐は必ず過ぎる。

## 03/15 水曜日

復活。丸2日、一文字も書けなかった。これは今まであまりない状況だったけれど、今日、午後に連載原稿を送ることができ、なんとなく調子が戻って来たような気がする。絶対に原稿を書くことができる秘密をやる元気も出ないという散々な日々。今回はさすがの私も、長期間にわたってダウンしそうだ。何をやっても気分が晴れない。

## 03/16 木曜日

引き続きダウン。文字を読むのが嫌なので、メールの返信が滞ってきている。ケータイの電源も切ったままだ。ハリーと寝転んでいろいろと考えていた。聞こえるのはハリーのズゴゴゴといういびきだけ。

## 03/17 金曜日

朝の8時に瀬田駅到着。いつ来ても忙しい駅だ。

1年ぶりの滋賀医科大学医学部附属病院心臓血管外科で検査の日。心臓エコー、心電図、胸部レントゲン。この3月で僧帽弁閉鎖不全症の手術から5年となる。手術後執刀医が「1年でかなり落ちつくはずです。3年もあれば普通の人ですよ」と言ってくれ、その言葉が励みとなった。

確かに、3年後には手術のことなどすっかり過去の話となり、5年経過した今は、私って本当に手術をしたのだろうか？　というほどに回復している。今日診察してくれた医師は（ちなみにこの方は、私が入院中、病室にぞろぞろとやって来る医師軍団の一番後ろにいたフレッシュマンだった）、「1年ごとの検査も、10年で卒業でもいいぐらいですね。このままがんばって下さいね」と言ってくれた。

一人で入院し、一人で退院するという謎の目標を掲げた入院だった。そして退院時に瀬田駅前の餃子の王将で餃子を食べて家に戻ると固く決めていた（王将に強いこだわり）。しかし、退院直後、タクシーから降りた瀬田駅前で、目の前にある王将まで歩くことができなかった（じゃあどうやって家まで帰ったのだ？　答えは、這うようにして帰った）。だから、餃子の目標は達成できなかった。実は、いまだに瀬田駅前餃子の王将に行くことができていない。10年目の卒業の日に行こうと思う。

## 03/18 土曜日

用事があったので午前中に車で家を出た。帰り、夫の実家にお土産を持って立ち寄る。夫は「自分が食べさせたいと思う食材」を買って行く。私は「温めるだけで食べられる、二人が好きなお惣菜とスイーツ」を買って行く。この差は結構大きいよ、ごめんやけど。ほんまにごめんやけど。

帰り際に義母が小さなメモ帳を私に手渡し、「これ、あなたのお仕事のノートでしょ？」と言うので、なんとも思わずに、新品に見えたそのメモ帳を受け取った。そのようにして物を渡されることが多いのだ。空箱やレシート、お菓子、古いバッグなど、義母はなんでも私に手渡す。今回もそんなことだと思った。しかし家に戻って中を見てみると、義母自身のメモだった。数ページにわたってバスの時間や電話番号が書いてある。

駅出て少し直進　左折
ファミリーマートを右に見て
ガソリンスタンドを直進
眼科を右折
薬局を左折
橋を左折
まっすぐ

読んですぐに、道順が書かれていることがわかった。最寄り駅から義母の自宅までの道順だ。忘れないようにメモしていたのだろう。4年前の日付で、なんだか義母の言動がおかしいな？　と思うことが増えてきた時期と重なる。

8／21
一番つらい日。
パパは朝ごはんも機嫌良く食べていたのだが、終わって仕事にとりかかり台所に立ったとき、ふらついてびっくりした。日赤病院へ。それからはよく覚えていない。

これは、4年前に義父が脳梗塞で倒れた日の記録だ。当時、夫も私も義母の異変に気づいていたものの、認知症だという確信は持てていなかった。しかしこの日を境に義母はどんどん調子を崩した。

**車のキーをどこかにかくして（保管のつもりが）出てこない。**
**つらい　つらい　つらい!!!**
**明日パパにでんわしてもらって、車屋さんに新しいキーを作ってもらいたい。**
**キーのことでつらい思いをした。家中の引き出しをあけて探すも出てこない。**

恐ろしいことだが、義父が入院してしばらくの間、義母は車に乗っていた。しかし、9月までには私たちに説得され、乗ることができなくなった。しかし、キーにはこだわった。車はわが家に移動させたが、嫁と息子が車を盗んだと税理士さんに電話をされ、めちゃ困った。今となっては笑い話だ。

**この頃とみに脳の老化現象があらわれて頭がぼんやりしている。自分でもつらい。**

**早くパパに家に帰ってきてほしい。退院が待ち遠しい。もの忘れがひどくつらい。**

義母自身も、失われていく記憶や変わっていく自分にちゃんと気づいていたのだ。

さて、私は実はもう一冊、日記帳を持っている。これは実母が亡くなったあと、実家で見つけて持ち帰ったもの。1ページ目には、私と夫のケータイ番号。2ページ目からは、ほとんどすべて兄に関する記載だ。

**タカ（兄のこと）に「うな鐵」で上うな丼をご馳走になり、はじめての味でとても美味しかった。ありがとう。**

「うな鐵」とは、私の実家の近所にある（今現在も営業している）うなぎ屋のことで、私と父は頻繁に通っていたのだが、「はじめての味」と書いているあたり、父は母を一度も連れて行かなかったのではないかと疑っている。そして、間違いなく兄のことも連れて行ってはいない。うな鐵での食事は私と父だけの習慣のようなものだった。土曜日の夕暮れ時、カウンターに座る父と私。父はうなぎの肝の串焼きで生ビールを飲んでいた。父のスカイブルー色のシャツ。灰色のコーデュロイのズボン。店の入り口にかかるすだれの向こうの夕焼け空。私は特別な娘なのだという、幸せな思い（今思えば歪みきっているが）。母も兄も、私と父が土曜の夕方に二人だけでうなぎ屋に通っていたのは知っていたけれど、知らないふりをしていたはずだ。兄がその禁断の場所に母を連れて行き、上うな丼を食べさせたのは、父へのレジスタンスではなかったか？　などと考えた。我ながらどうでもいい考察だ。

しかし、この喜びの「上うな丼」の記載から先は、兄に対する怒濤の資金提供の記録となっている。よくもここまで……とため息が出る。むしろ、尊敬すらしてしまう。どうやってかき集めたのだろう。こんなに強固な共依存関係、映画でも登場しない。恐ろしくてページをめくる手が止まってしまう……わけはなくて、思い切りめくりまくって全部読んでいる。こんなにすごいものを残してくれて、ママありがとう、そして止めてあげられなくてすいませんと思っている。

母がここまで兄に資金を注ぎ続けた理由はわかる。兄は母がそうするまで絶対に諦めないからだ。私が過去に起きた、自分のなかの何かに引っかかる出来事を絶対に忘れないのと一緒で、兄にも「絶対」がいくつもあった。

「絶対に」諦めない。

「絶対に」黙らない。
「絶対に」止まらない。

亡くなってから三年にもなろうというのに、現在も彼を確実に止める努力をしているのは、この私。終えたと思っていた兄が、イマイチ終えていない。

## 03/22 水曜日

草津のジュンク堂へ。今まで何度もただのお客さんというか、本を買う人として立ち寄っていたのだが、ご挨拶をさせて頂くのははじめてのこと。あれだけ棚が並ぶ書店が近くにあることは、本好きにとってありがたいことだ。私の書いた本をたくさん並べて下さっていた。ありがたい。知り合いの翻訳家の訳書も何冊かあった。頑張れ、翻訳書（そして翻訳家のみなさん）。生き残ってくれ。

ジュンク堂訪問後、彦根の平和堂（滋賀県で大変有名なスーパーマーケットチェーン）本社へ。まさか本社にお招きを受けるなんて大事件が我が身に起きるとは思ってもみなかった。系列の平和書店で新刊の『ふたご母戦記』（朝日新聞出版）を大プッシュして下さるとのことで、担当編集者の日吉さんと営業の方と三人でご挨拶に伺ったのだ。

ドーンと大きな本社ビル。ここはテキサスか。

滋賀県在住の平和堂愛好家主婦としては、大興奮の出来事だった。そのうえ、社長（！）の「赤い稲妻」（!!）と命名されたかっこいい車で彦根を案内して頂き、彦根の平和書店にもご挨拶させて頂き、滋賀県民として最高の時間を過ごすことができました。我が身に何が起きていたのか。とにかくみなさん、ありがとうございました。ママ友に「本社行って来た」と報告したら、びっくりしていた。

## 03/23 木曜日

昨日は平和堂大ツアーでとても楽しかったものの、本日になってメンタルがダウンした。自分の表情が強ばっているのがわかる。これは本格的にまずいのではないかと思って、クリニックの予約を取った。ここ数年、全体的に調子は良かったのだが、5年前に手術してからというもの、肉体的というよりはメンタル的に落ちることが増えた。それも、振れ幅が大きい。これはもしかしたら、更年期障害なのかもしれない。いずれにせよ、学生のときに経験した落ち込みと同じぐらい酷い。トリガーになった出来事は自分でわかっているので、それが解決すれば、なんとか持ちこたえるだろう。メンタルが落ちたからといって、仕事ができないわけじゃないので、こういうときは、とりあえずデスクに向かっておくのが正解。こういう、追いつめられた状況で書くほうが、私の場合は良い文章が書ける（ような気がする）。

## 03/24 金曜日

ダウン。ますますまずいことになってきた。何を食べても味がしない。むしろコロナか？　いや、熱はない。クリニックの予約がなかなか取れず、受診が少し先になってしまった。先生に無理を言って、薬だけもらいに行こうか？　それとも、地を這うようにして過ごすべきなのか。私の表情が冴えないので、息子たちが気にしているのが伝わってくる。それがわかっていても、表情が消えてしまう。もう無理なのだ。

## 03/25 土曜日

自分の日記であっても、調子が悪いと書くことは、なんらかのアピールだと思われるだろうか……と、心配しているあたり、やはり私はいま調子が悪い。調子が悪いのだが、とりあえず毎日大人しく寝ていたら、数日前から徐々に上がってくる予感がしてきて、今日は朝起きていきなり暗い気分になることはなかった。

寝室の窓を開けて外を見たら、すでに桜が見事に咲いている状態で「いつの間に？」と不思議な気持ちになった。ここ数週間、目に映る景色に色がなかった。こんなに辺り一面春色になっていたとは。振り返ったら真っ黒なハリーが無表情で座って私を見ていた。

## 03/26 日曜日

夜中に長男から「かあさん、眠れないんだけど」というＬＩＮＥが届くことが増えた。私自身も高校生の頃から「眠れない」と悩むことが多かったので、長男もそうなのかもしれない。

眠れないと訴える私に「無理に寝なくていいよ。そのときは本でも読んでいればいいじゃない。朝になって眠くなったら寝ていいし、そのときは学校を休めばいい」と、母が言ったことがあった。ああ、そういうことねと気が楽になって、夜通し本を読み、朝に眠くなり、学校を休んでガーガー寝ていたので、同じことを長男にも伝えておいた。無理に寝なくていいのか、それで気が楽になったと言っていた。
心が優しく、とても繊細な長男。その繊細さで傷つくことがないといい。

ここのところダウン回数が多かった。冬季鬱なのか？　それとも春の訪れとともに？　翻訳作業が遅れているのがとても気になるので、今日から作業に戻ろうと思う。とにかく、目の前にある仕事を、着実に進めていくこと。いつものリズムを取り戻すこと。その先に、必ずゴールはある。

## 03/27 月曜日

カータンと打ち合わせ。4月1日に東京でトークショーがあるのだ。
カータンはご両親の介護という体験を通して、多くのメッセージを読者に送り続けている。どれも、くすっと笑えて、泣けて、そして「これでいいんだよね」と、介護に100パーセントの正解なんてないのだと教えてくれる。今日はZoomでKADOKAWA担当編集者の伊藤さん、よみうりカルチャーの湯本さん、カータン、そして私というメンバーで打ち合わせ。カータンとは、実は2回目のZoom。前回も思ったのだけれど、カータンは底抜けに明るいようでいて、実は繊細な面も持ち合わせている方なのだ。そして美人だわ。日本のアナ・ウィンターと呼びたい。

### 03/29 水曜日

昨日あたりから徐々に調子が戻り、翻訳作業も進んでいる。原稿を書くことはできているのだから、あまり過剰に狼狽えないようにしているけれど、こんなにメンタル面で落ちてしまうのは、学生のとき以来だ。やれやれ。4月のカレンダーが埋まった。5月は少しゆっくりめに暮らしたほうがいいので、（外出のスケジュールは）ブランクにしたい。できるだろうか。できるはずだ、俺ならば。

### 03/30 木曜日

調子が戻る。ひたすら翻訳。預かっている四冊、今年中に仕上げるべく、今日も今日とて、一行一行、じりじりと進んでいる。しかし、エッセイの調子が悪い。あまり言葉が浮かんで来ない。

友人から、アルバイト先（飲食店）にやってくるガチ恋おじさんの話を聞いた（本人に書いてもいいか確認して了承を得た）。同僚の女性（40代）に、恋をしているであろう50代の男性が、週に一度、必ず店にやってくるのだという。同僚の女性は、彼の気持ちを知ってはいるが、普通に接客をしているという。50代の男性も、特に彼女に話しかけるだとか、彼女を誘うだとか、そういうことは一切しないそうだ。ただただ、二人の間には特別な空気が流れているという。

友人曰く、「色はついていないんだけど、なんとなく薄いピンク色の空気が漂っている」ということだった。それは恋じゃね？　という話になって、友人は「そうだよね。まさか40代と50代ってあり得ないって昔は思っていたけどさ、実際、あるんだよね、こういうこと」と言っていた。実際に交際に発展すると、うまくいかなかったりするかもしれないけど（何様）。二人に幸あれ。

……ガチ恋といえば、こんな話がある。

80歳の老人が営む居酒屋があった。客はほとんど常連で、誰もが店のルールを知っていた。そのルールとは「飲み過ぎないこと」、「痴話げんかをしないこと」。カウンター数席とテーブル席が1セット（4席）の小さな店で、親父さんと呼ばれる店主が夜な夜な現れる客（95パーセントが男性）を言葉少なに相手するような店だった。

親父さんには誰も文句を言わなかった。親父さんが、もう帰れと言えば、どんな酔っ払いでもチンピラでも、そそくさと店を後にした。そんな親父さんの店に突然、若い女性が手伝いとして働き出した。名前はエイミー。親父さんの孫だという。背がすらりと高く、肩の下まで伸びた黒髪はゆるく波打ち、艶があった。大きな茶色い瞳に、通った鼻筋、形の整った唇。誰が見てもエイミーは美人だった。それも、非の打ち所がないほどに。

アメリカ人男性と結婚した親父さんの娘とともに2歳で東京からニューヨークに渡ったが、大学に進学した年に両親が離婚。その後、親との関係がうまくいかなくなり、大学を休学して、突然祖父を訪ねて日本に来た。数週間の滞在の予定という話だったが、80歳という高齢になっても一人で働く祖父の姿を目の当たりにして、エイミーはなんとなく店を手伝いはじめた。

孫娘に最後に会ったのは、彼女が2歳のときだった。もう二度と会えないだろうと引き裂かれるような思いで送り出した。自分の年齢を考えれば、エイミーと過ごすのも今回が最後となるだろう。アメリカに戻るためのチケットはすでに購入してあると聞いていた。働きたいと突然言い出したエイミーに驚いたものの、親父さんは何も言わなかった。エイミーは喜んで働きだした。

美しいエイミーという女性の登場に、常連客は静かに、しかし激しく動揺した。場末の古ぼけた居酒屋に突然、スクリーンから飛び出してきたような美しい女性が現れたからだ。しかし常連客は、決して騒がなかった。それが店のルールだとわかっていたからだ。誰もが、まるで何も起きなかったかのように、静かに飲むだけだった。最初からそこにいたかのように、誰もがエイミーに普通に接した。エイミーも、特に自己紹介するでもなく、てきぱきと働くだけだった。親父さんも多くは語らなかった。時折、訥々とエイミーに指示を出すだけ。

ちなみに、エイミーは日本語を不自由なく話すことができた。ささやくような小さな声だった。常連客のひとりは「アメリカ人ってもっと元気だと思ってたけどな」とぽつりと言った。親父さんがギロリと睨むから、客はそれ以上何も言えなくなった。エイミーは滅多に笑わなかったが、時折見せる笑顔は、煙で煤けた店内を一気に明るくするような美しさだった。

さて、常連客のひとりに、週に数回ふらりと現れてはカウンターの隅に座る男がいた。店近くの予備校講師で、30代前半の原田だ。数ヶ月に一度しか散髪しない髪はボサボサで、無精髭が生えていた。黒い革靴の踵はすり減っていた。年中、同じスーツを着ているような男だった。それもしわの寄ったスーツを。予備校では人気の講師らしかったが、仕事にのめり込めばのめり込むほど結婚生活はうまくいかなくなり、数年前に妻とは離婚していた。

いつものように授業を終え、一人暮らしのマンションに戻る前に一杯飲もうと立ち寄った親父さんの店に、突然、若い女性がいたので原田は心底驚いた。孫だと言葉少なに親父さんは言った。孫？　どういうこと？　どうやったらこの爺さんからこの美女が⁉　彼女は、ぎこちない仕草で、瓶ビールを自分のところまで持ってきた。名前はエイミーだという。非の打ち所のない美女のエイミーは笑顔を見せなかったが、それでも原田は思った。真面目に生きていると、バツイチの俺にも少しはいいことがあるんだな。もう何年も買い換えていない糸のほつれたネクタイを緩め、原田は自らコップに注いだビールを勢いよく飲み干した。じわじわと体に酔いが回るのを感じながら、ちらりとエイミーの美しい横顔を盗み見て、「ああ、今日の俺は幸せかも」と小さくつぶやいた。

この出会いから数ヶ月後、エイミーと原田は一生に一度あるかないかの恋に落ちる。

（つづく……のか？）

# 2023年

# 4

# 月

## 04/01 土曜日

東京。やっぱり東京はいつ来ても素晴らしい。読売新聞社は大都会のど真ん中にあるビルで、気分はすっかりキャリー・ブラッドショーだった。カータンとは、一度Zoomでのイベントでご一緒したことがあるのだが、ちゃんとお会いするのははじめてのこと。ブログを長年書いてきた私からするとスター的存在のカータンと会えて、本当にうれしかった。トークショーは大盛況。一泊する予定だったが、日帰りでも十分余裕のあるスケジュールだったので、夕方、滋賀に戻った。とても楽しい一日だった。

## 04/03 月曜日

東京出張があり、ちょっと遅れていた原稿を入稿。調子は戻ってきている。きちんと仕事ができるようになってくれれば、かなり、ましになっているはずだ。今回も東京のイベントではたくさんのお土産を頂き、わが家のおやつストックが大変豊富になっている。本当にありがたいことだと思う。お手紙を添えて下さった方もいた。ありがとうございます。

すべて読ませて頂いています。

そして、今月も書いたぜ、８０００字（集英社『よみタイ』での連載「実母と義母」）。何度か書いていくなかで、自分としてはかなりの分量だと思っていた８０００字が、頑張れば書くことができるようになった。なにごとも練習であり、積み重ねである。書くことも同じだ。こうやって文字数をじわじわ伸ばす作戦、いいのかもしれない！

## 04/04 火曜日

大和書房鈴木さんから依頼の『The Real-Life Murder Clubs』の翻訳をガシガシと進める。ＤＩＹ探偵（未解決事件を独自に調査している人たち）の話はやはり面白い。彼らに共通しているのは、使命感だろうか。いつまで経っても答えの見つからない疑問を、そのままにしておけない好奇心とでも言おうか。名前を失ったまま何十年も経過している被害者を家族の元に帰してあげたいという気持ちと、事件解決への使命感で、夜な夜なネットを徘徊し、調査を重ねる人たちが、この広い世界に存在しているのだ。報酬があるわけでもないだろうに。

日本にもきっとＤＩＹ探偵はいるはずだが、どこに集結しているのだろう。翻訳作業の合間に少し調べたが、あまりヒットしなかった。

しばらくネット上をフラフラし、結局、Happy Face Killer ことキース・ハンターの娘で作家のメリッサ・ムーアの TikTok アカウントを久々に見ることにし、コーヒー片手にしばらく彼女の語りを聞いていた。シリアル・キラーの娘だからこそ、同じ境遇の人たち（シリアル・キラーの家族）と被害者を救いたい。そんな気持ちになれるメリッサはすごいと思うのだが、『The Real-Life Murder Clubs』に登場する被害者家族も、最終的には同じ境遇の人々の救済という境地に辿りつく。なんて書いていいのかわからないが、そこに救いがあるように思える。人間の良心というか、心の底の部分にある優しさというか、淡い光が見えたような気がする。そこに到達するまでに、大変な苦しみがあるのだが。

午後、慶應義塾大学出版会の片原さんから連絡が入る。企画会議にめでたく通った一冊の翻訳作業を担当させてもらえることになった。今年は何冊になるのだろう。とにかく、目の前の仕事をコツコツと進めるしかない。海外の本が日本に入ってこなくなったら困るからね。

体調は戻りつつあり、文字がスムーズに出てくる。やる気も戻って来ている。少し長めにダウンしたが、予想よりも早めに回復できてよかった（それでもきつかった）。

## 04/05 水曜日

あっという間に4月だよ。一年の三分の一が終了なのかよ。本当にあっという間ですよ。50歳を過ぎてから、一年が本当にあっという間。こうやって人間は老いていく。カレンダーに日々バッテンをつけるように生きていたのが若い頃だとしたら、今はもう、自分の輪郭がどんどんぼやけ、徐々に崩れていくような日々。砂の城のようなものですな。

春休み中なので、息子たちが二人ともずっと家にいる。

家にいてくれるのはいいのだ。なにかと手伝いをしてくれるし、スーパーから戻れば家から飛び出してきて荷物を運んでくれるし、高校生ともなると手がかからなくていいねと思う。今日は二人で仲良く素麺を茹でて食べていた。部屋も掃除してくれたし、一体何が起きているのか。それとも、今から何か起きるのか。不吉なのかもしれない。とにかく、仕事を進めなければならないので、息子たちに愛犬ハリーを任せて、ずっと仕事。太田出版藤澤さんから依頼の『射精責任』の原稿が戻ったので、確認した。タイトルが何度見てもインパクトあるね。それから内容が抜群に面白い。

夜、大和書房の『The Real-Life Murder Clubs』を再びガシガシと訳す。今日は身元不明遺体（それも切断されて腐乱している）の復顔プロセスについて訳していた。とあるジェーン・ドウの胸像で注目されたのは、その特徴的な前歯。しかし、原文を読んでもその「牙のような」と表される歯の特徴がよくわからなくて、あまり気は進まなかったが、復顔された実際の胸像をThe Doe Network（ボランティアで胸像を製作している団体）を検索して確認した。八重歯だった。ああ、そういうことかと納得。可愛い笑顔の女性だった。二十年以上も身元不明だったなんて気の毒だ。それにしてもずらっと並ぶ胸像の写真が怖い。

世界中の身元不明者の胸像を製作しているThe Doe Networkだが、ちょっとフォローしておこうか〜と思ってツイッターのアカウントをフォローしたら、フォロワーにパットン・オズワルト（『黄金州の殺人鬼』著者ミシェル・マクナマラの元夫）とビリー・ジェンセン（『黄金州の殺人鬼』共著者）がいた。あら、お久しぶりという気分だ。

## 04/06 木曜日

ゆうべ寝る前に、うっかりキーラ・ナイトレイ主演の『ボストン・キラー　消えた絞殺魔』をディズニーチャンネルで見てしまう。シリアル・キラーものの翻訳を終日やったあとに、映像でふたたびシリアル・キラーを見てしまうとは！　連続殺人事件を追う新聞記者を演じたキーラ・ナイトレイが大変美しく、素晴らしい演技だった。なんと実話ベースということ。衣装も大変よかった。

ボストン・キラーの余韻覚めやらぬまま朝起きて、『The Real-Life Murder Clubs』を訳す。こちらはテネシー州キャンベル郡の連続殺人事件。昨晩担当編集者の鈴木さんからメールが来て、昨日の日記に書いた「『牙のような』と表される歯が八重歯だった」という記述について、「それは八重歯というよりは犬歯ではないでしょうか」とあった（私と鈴木さんはこの日記をGoogleドキュメントでリアルタイムでシェアしている）。ああ、確かにそうだわ、と思って調べてみると、少し混乱！

ジャパンナレッジによると、

犬歯：切歯（門歯）と臼歯（きゅうし）の間の歯。上下一対、左右に計4本ある。糸切り歯。肉食獣では発達して牙（きば）となる。

八重歯：正常の歯列からずれて重なったように生える歯。犬歯によく起こる。鬼歯。

原書の記載は「overgrown right front tooth, like a tusk.」

## うーん??? overgrown ?

ということで、実際に復顔されたジェーン・ドウの胸像をもう一度確認してみた。画像を拡大し、犬歯で間違いないと思ったものの、一応、身元確認されているかどうかを調べた。身元確認が済んでいたとすれば、本人の顔写真が出てくるはずだ。検索したらすぐにわかった。私と同い年の女性だった。オハイオ州トレドで姿を消し、テネシー州キャンベル郡で発見。27歳。27歳といえば、私が京都で働いていた時期だ。本人写真の口元を大きく拡大してみた。なるほど、この人で間違いない。ちなみに、犯人は逮捕されていない。自分だったらと想像したら、途端に彼女が気の毒になった。

「殺人事件が好きなんですね」と言われることもあるが、それはまったくそういうことじゃなくて、コールドケースが最終的にどんな答えにいきつくのか、犯人に正義は下されるのか、その気長な捜査の過程をつぶさに見ていくのが好きなのだ。謎解きですね。ということで、本日も、『The Real-Life Murder Clubs』で一日がスタートした。

午後、休憩してたら大好きなCeleste Barber（セレステ・バーバー）主演のNetflixシリーズ『ウェルマニア　～私のウェルネス奮戦記～』が始まっていることに気づく。翻訳に力が入ってくると、必ずシリーズものの医療ドラマとか刑事ドラマとかコメディが観たくなる不思議。セレステはInstagramが面白い。若い女性と熟年女性の間にある、ありとあらゆる違いだとかズレのようなものを、面白おかしく表現させたら彼女の右に出る人はいない。とにかく面白い。しばらく観て、げらげら笑っていた。

## 04/12 水曜日

6時起床、『母を燃やす』（アヴニ・ドーシ著、川副智子訳、早川書房）を読む。毒母と娘の物語。2020年のブッカー賞最終候補作だそうだ。前半は、場面展開しながら過去から現在に繋がる母と娘の葛藤の歴史のような物語が展開されるのだが、母が認知症となり、娘が妊娠、出産したところで突然物語が揺れはじめる。娘が自分自身も「母」となった瞬間、何かが変わりはじめる。そこに義母も加わり、恐怖はさらにヒートアップ。なんだかいろいろと身につまされる一冊だった。どこの場面でも義母が出てくると問題が起きるのだが、これは全世界共通なのだろうか。感想を連載用の原稿にまとめた。

原稿がまとまったので、ふと思い立って、コメダ珈琲店に行った。10時半ぐらいに到着。連載原稿が仕上がっているので安心して長居してしまった。モーニングを頼んで珈琲をおかわりして、シロノワールのミニを食べた。もう少し店内の音楽の音量が低かったら、読書も捗るだろうなと思って、そうだ、ノイズキャンセリング機能つきヘッドフォンを買おうと思いつく。ショッピング熱が再び盛り上がっているあたり、メンタルも回復してきていると感じた。

## 04/13 木曜日

ノイズキャンセリング機能つきヘッドフォンが到着。早速装着してみた。確かに、まったくノイズが聞こえない！　これを持ってコメダに行って読書をすることにした。朝7時、開店と同時に行って一時間程度読書するというのはどうだろう。考えただけでうっとりする。モーニングを食べながらヘッドフォンをして周囲のわずかなノイズを消し去り、本に没頭するのだ。なにそれ、最高の朝のはじまり！

今日は午前中にちょっとした用事があり、昼過ぎに家に戻った。そこからは延々と翻訳の時間だ。まずは『The Real-Life Murder Clubs』、そして亜紀書房から依頼の『LAST CALL』も。ヘッドフォンを装着しながらしばらく一人の世界に入り込んで作業を続けた。連日こういう調子だと、あっという間に翻訳も仕上がるのだけれど、人生、そう上手くはいくまい。

## 04/14 金曜日

原田とエイミーの話の続き。

ふと気がつくと、足が勝手にスキップしていた。講師室で鼻歌を歌って上司に注意された。

この一週間というもの、原田は完全に落ち着きを失っていた。いつもの冷静な原田ではなかった。親父さんの店で働きはじめた孫娘のエイミーのことが頭から片時も離れなかったのだ。

「情けねえなあ」と思った。いい年したバツイチのおっさんが、美しい女性に出会ったというだけでここまで動揺するなんて、まったく情けねえと原田は自分で自分を笑った。笑ってはみたものの、予備校の授業に力を入れても、一人暮らしのマンションで芋焼酎を飲んで泥酔しても、頭の片隅には常にエイミーがいて、原田を悩ませ続けるのだった。

前妻と離婚してからというもの、誰かにときめいたことなど一度もなかった。むしろ、恋愛なんてうんざりだと思っていた。俺はきっと死ぬまで独り、そう考えていた。それなのに、頭のなかに居座るエイミーは原田を解放してくれそうもない。長くて豊かな黒い髪、茶色の大きな目。あまり笑顔は見せないが、少しはにかんだように笑った瞬間の、あの例えようのない美しさ。延々と頭のなかで繰り返されるエイミーのイメージに、原田は冷静でいられなくなった。胸が苦しい気がして、右手を心臓のあたりに当ててみる。人間ドックでは異常を指摘されなかった俺の心臓が、時折きゅっと痛むのはなぜなのか。

　つきまとう彼女のイメージを頭の中から追い出そうともがいて数日後、原田はようやく観念した。エイミーの大きな瞳に見つめられた瞬間、俺は心臓を射抜かれた。自分はエイミーに恋をしたと認めたのだ。この年で、たった一度だけ飲食店で出会った女性に片思いをしてしまうとは、なんたることだ。しかし、悪いことをしたわけではないのでは？　俺の心が勝手に震えているだけで、俺自身は別に罪を犯したわけでもないのだし、人は誰しも事故的に誰かを愛してしまうものだし……考えぬいた挙げ句、原田は一週間ぶりに親父さんの店に行くことにした。

　店にはエイミーがいるかもしれない。いないかもしれない。いたとしたら普通に接すればいいのだし、いなかったとしたら、いつも通り、居心地の良い親父さんの店で酒を飲めばいいだけだ。それのどこに問題があるというのだ。

翌日、残業を終え、真っ直ぐ親父さんの店へと向かった原田の足取りは自信に満ちたものだった。職場から徒歩数分の距離にある親父さんの店は、いつもと同じように見えた。風雨に晒され、ずいぶんくたびれてしまったのれんの向こうから、店内の明かりが漏れていた。心臓がきゅっと痛くなった。腕時計を見ると、ちょうど22時。23時閉店だから、一時間は飲める計算だ。原田はヨシと小さくつぶやき、意を決し、入り口の引き戸に手を伸ばした。

のれんをくぐり、店内に入った瞬間、親父さんと談笑しながらカウンターでビールを飲んでいるエイミーの姿が視界に飛び込んできた。客は他に誰もいなかった。呆然とする原田に「よう先生、いらっしゃい」と、カウンターの中から親父さんが声をかけた。エイミーは「先生、こんばんは」と言いながら、急いでカウンターから立ち上がった。原田はこの間、ひとことも発することができなかった。エイミーが俺を先生と呼んだ。エイミーは俺を覚えていたのか⁉　動揺して立ちすくむ原田の様子を見た親父さんが、エイミーに声をかけた。

「エイミー、のれん、引っ込めてくれ。今日は閉店だ」

エイミーは呆然とする原田の真横を通って店の入り口に行くと、のれんを店内に戻し、店の小さな看板の電源を落とした。続けて、原田のためにおしぼりや箸を用意しはじめた。

そんなエイミーに、親父さんが声をかけた。「お前も座れ。それから先生も突っ立ってないで、早く座りな。ビールでいいかい？」

エイミーはぱっと表情を明るくして、「おじいちゃん、いいの？」と聞いた。「ああ」と親父さんが短く答え、そして原田に声をかけた。「今日は孫娘の誕生日でね。今からささやかなお祝いでもしようかと思っていたところだったんだ。先生もいっしょにどうだい？迷惑かい？」

「迷惑なんかじゃない。もちろん、参加するよ」原田はようやくそう答えた。迷惑なわけがなかった。

「誕生日なんだ。それはおめでとう。お祝いしなくちゃいけないな」と言う原田に、少し離れた場所のカウンター席に座ったエイミーは、照れくさそうに、それでも美しい笑顔を見せながら、「ありがとうございます」と言った。

（つづく……のかもしれない）

## 04/17 月曜日

今日は夫の実家に行き、ケアマネさん、義理の両親とともにミーティング。義父はいまだに義母のデイサービス通所に納得がいってない模様だ。理由は「離れたくないから」。ひょぇぇぇぇぇぇぇぇ!!! 人間の心ってものは、本当に不思議で、情熱的なものだなと考えた。ケアマネさんは最近義父に手を焼いているようで、「理子さんも来て下さいね」と月1の訪問に同席を誘われたのだ。

義父〜、頼むよ〜。

90歳の義父がどんな気持ちでいるのか想像することしかできないのだが、寂しいのだろうと納得している。週にたった二日、8時間だけ離れることが寂しいという心理が正直理解できなかったが(ごめん)、相手が人間じゃなくて犬だったら? そりゃあもう、大いに理解できる。

私の愛犬ハリーが週に二日、8時間もどこかへ行ったとしたら寂しい。私はよく、人間だと理解できないことを、対象を犬に置き換えて考えることがある。夫は、「だったら親父のことも老犬だって思えばいいんじゃない?」と言うが、それはどうなんでしょうか。どうなんです?

## 04/18 火曜日

今日は夫が在宅勤務で朝6時から働き出したので、私も起きてそこから翻訳。朝の3時間はめちゃくちゃ作業がすすむ。夏は5時起きでもいいぐらいだ。真夏の早朝の空は美しい。それだけで、生きててよかったと思える。

夫が在宅勤務だと、私にとっては楽なことが多い。例えば、家事の分担ができるし、買い物とか犬の散歩を任せることができる。ただ、ひとつだけ面倒なことがあって、それは仕事中の夫がこれでもかと「仕事をしている」オーラを出すことだ。彼が悪いというわけではない。なぜなら、ただただ、真面目な人だから。

むしろ、サボらない夫はすごい。でも、私自身、結構リラックスした状態で仕事をするタイプなので、トイレに行くにも、キッチンに麦茶を取りに行くにも、リビングにいる夫に気を遣う。夫からは、俺は今、仕事をしているオーラが出まくっている。そういうオーラを撒き散らかし倒しているように思う。文句ではない。でも、息子たちも夫の仕事オーラに威圧され、部屋に閉じこもるようになる。だったら、仕事部屋を作ればいいのにという話なのだ。そう、それはそうなのだ。だから私は今、庭に部屋を建てようと思っている。

今日もイナバ物置の検索に1時間は費やしてしまった。

## 04/19 水曜日

ただひたすら、翻訳。訳しても訳しても、残りの文字数が減っていかない！　電子書籍を見ながら翻訳しているが、文字数のカウントダウンができるので、ついつい残りはどれぐらいかと見てしまう。思い切り訳しても、まだ大量に残っている。これは大変な文字数になるのではないかと疑っている一冊だ（亜紀書房）。

今日も訳していて疑問が残ったページがあった。あまり詳しくは書けないのだが、遺体の切断箇所についての記載で、頭部と脊椎を切り離す（？）方法が曖昧でよくわからず、いやだなあと思いつつも、いろいろと調べて答えを得て、なぜかすっきりした。すっきりするような内容ではなかったが。

ノンフィクションにはいくつかタイプがあって、起きた出来事を完全に羅列して、緻密にストーリーを組み立てていくタイプと、出来事のなかで最も印象的なものを膨らませ、そしてそこに詳細を追加していくようなタイプがあると日頃から思っているのだが、今回訳しているのは確実に前者で、私は前者のタイプが好きなので作業としては楽しいが、ブツとしては鈍器だと思う。

夜、太田出版藤澤さんからご依頼の『射精責任』の原稿を手直しした。面白い本だな、これ。かなり読みやすくなったと思う。もう一回、じっくり読み直して余分な文字を削っていきたい。しかし、よく燃えそうな題材だ。というか、すでに着火しとるではないか。がんばれ、編集者！

## 04/20 木曜日

双子17歳の誕生日。あっという間の17年でした。17年経って気づいたけど、育児って決して終わらないね。私が生きている限り、終わらないのだと身にしみてわかった。いつまでも、あの子たちは私にとって、おかっぱ頭の双子少年の頃のままだ。いいのか悪いのか、もうわからん。子育てが楽しかったかどうか、そこもよくわからん。

うれしいことはたくさんあったし、もちろん子どもは今でもかわいい。

昔、子育てについてのエッセイに、「子育ては傷つく」と書いたことがある。腹が立つ、頭にくる、そういうことではない。傷つく。そう思っている人はいるだろうか。子育ては傷つくエッセイを読んだ人から、勝手に産んで勝手に傷ついて子どもは迷惑という感想をもらったことがある。そりゃそうだろうと思ったが、とにかく、親業は楽なことではないのだ、私にとって。

## 04/21 金曜日

朝コメダに8時出勤。京都新聞「現代のことば」の原稿を書き、一時間程度でコメダから入稿。最高の一日のスタート。だったが、横のボックス席の男性が営業電話を一時間かけっぱなしだった。なぜコメダで。コメダはモーニングを食べる場所である。耐えられなくなり、予定より早く帰宅。

家に戻り、ハリーと一緒にYouTubeを見た。最近はまっているのがコメディアンのBobby Lee（ボビー・リー）。あまりにも不謹慎で笑ってはいけないと思いつつ爆笑してしまい、反省したが、元気になった。爆笑すると確実に元気になる。

## 04/24 月曜日

『母の友』取材日。

わざわざ東京から、編集者と写真家の女性二人が来てくれた。お二人とも、ハリーのことを普段から見て下さっているようで、ハリーは何枚も写真を撮って頂き、本犬もとても楽しそうにしていた。掲載が楽しみだ。それにしてもハリーは人懐っこいなあ〜。すぐにお腹を見せて喜びまくる。

## 04/25 火曜日

普段は大変喧しい私の頭の中の声が、ピタリと止まってたぶん一ヶ月ぐらい経過していたのだけれど、数日前から突然、頭のなかの忙しさが戻って来た。どんどん原稿が進むようになってきた。頭のなかから流れ出てくる文字に、入力する指がぴったりと合っている。突然ですが、築地の厚焼き卵の動画、見たことありますか？（本当に唐突だけど）私の頭のなかの英文処理は、あれに似ています。厚焼き卵動画です。一冊訳すごとに、厚焼き卵が2万個ぐらい焼き上がってるんじゃないかな。

## 04/29 土曜日

今訳している本が難しく、頭が沸騰しそうだ。

午後、亡くなったママ友のご両親がお菓子を持ってきてくれた。本を読んでくれたそうだ。こっそり書いていたので、気を遣って頂いて申し訳ない気持ちになった。こっそり書くということは、あまりできないものだなと思ったりもした。相変わらずご両親はお元気そうで安心したのだけれど、二人の気持ちを想像するとなんとも言葉がない。彼女が生きていたら、優秀な息子を誇りに思いつつ、全力で支援していただろうと思う。立派な人だったな。きっと天国から見ているのだろうね。

親というのは、いつまでも親。お母さん、お父さん、体に気をつけて、これからも元気に暮らして下さい。私もときどき、彼女に会いに行きますね。

2023年

# 5月

## 05/02 火曜日

連日、翻訳の日々。こういう日常も悪くないな。

亜紀書房依頼の『LAST CALL』、大和書房依頼の『The Real-Life Murder Clubs』、そして太田出版依頼の『射精責任』（こちらは初稿ができあがっている）と、三冊をじわじわと訳している。『LAST CALL』、すでに10万字（原稿用紙250枚）を超えている。そして集英社『よみタイ』連載の「実母と義母」の締め切りが過ぎてしまっていることに気づいた。めちゃくちゃ天気はいいが、今日は家に籠もる。

世の中はゴールデンウィークだが、フリーランスに休みはないのだ。それも、締め切りに遅れているやつには、絶対にない。

## 05/05 金曜日

集英社『よみタイ』「実母と義母」入稿。半日かかったけれど、なんとかフィニッシュ。あー、よかった。今回も様々なことを書いた。こうやって実母の半生のようなものを振り返ってみると、彼女も彼女なりに葛藤していたことがわかってくる。あたりまえだよね。葛藤のない人生なんてないんだから。当時、まったく私が彼女を理解せず、責めるだけの娘に徹していたことが恥ずかしい。しかしそれもすべて過ぎてしまったこと。あとは、祖父母が残した実家を処分したら、私の贖罪は終わるのだとぼんやり考える。

今日はこどもの日だ。珍しく双子が揃って家にいたので、昼間からバーベキューをした。二人とも筋トレをせっせとやっているので、なんだか体ばかり大きくなって、肉の消費量が増えた。一人はアフロだし、もう一人はツーブロックだし、なんだろう、本当に不思議な気分です。

幼い頃はわずかな成長を見ただけで感動したが、最近は、彼らの変化を目撃して圧倒されるようになった。村井さんは母親としてセンシティブ過ぎると言われたことがあるが、それは本当にそうかもしれない。もっと、堂々としていたほうがいいのかもしれない。というか、もっと自分の人生に集中したほうがいいのかもしれない。

こんな私が母親をやっているなんて、この子たちの母親が私だなんて……という考えを、少し変えたほうがいい。……なんてことを色々考えていたら、じわじわ泣けてきた（絶対に疲れてる）。じわじわ泣けるわあと思いながら、せっせと殺人事件を訳した。このあたりのカオスは平気で受け入れられる体質でよかった。

## 05/06 土曜日

なにごと⁉　昨日、めちゃくちゃたくさん訳したと思ったのに、一向に文字数が減っていかない。Wordで作成している原稿のページ数はすでに100を超えているというのに、原書の半分に到達していない。文字数をカウントすれば123515単語と表示される。うおおお、かなり訳した。しかし、どんなレベルの鈍器本だい？　鈍器レベルは最高にハイなのでは。むしろレンガか？　もうこうなってくると、こちらも意地である。なんとしてでも最後まで訳すのだと思いつつ著者のあとがきを読んだら、執筆に3年かかったと書いてあった。それは詰んだわ。村井は完全に詰んだ。

開き直って最後まで突っ走るしかない。それにしても、よくこれだけ調べたものだ。これぐらい強烈な執着とシンパシーがないと、ノンフィクション作家にはなれないのだなと呆然とする。すごい著者だ。尊敬しかない。そのうえ、巻末に「ブッククラブのためのガイド」までついている。どれだけ親切やねん。どれだけいい人なんや。それに加え、「四人の作家とトゥルー・クライムについて語りました！」という、書店で開催された出版記念イベントの文字起こしというオマケまでついている。翻訳者泣かせだ。
でも、好きだよ、そういうの！

## 05/07 日曜日

『LAST CALL』を訳していて、またわからない部分が出てきた。ノコギリの種類だ。上腕部を関節のあたりで……いや、詳細はやめておこう、とにかく、人間の骨を……いやいや、動物の骨を鮮やかに切断する柔らかい刃を持つノコギリの話なのだ。両刃？　それとも片刃？　とにかく現物を見たいとモノタロウのサイトをしばらく見たんだが……形状はわかるのだが、それが日本語でなんと呼ばれているのか調べてもなかなかわからない（それでも、モノタロウありがとう）。

ノコギリのような昔からある古い道具って、日本語も独特だと私は思うがいかがだろうか。ということで、買い物ついでにホームセンターへ。なんで現物を見るかというと、実は包装紙（あるいは包装パッケージ）にヒントが隠されているから。商品名の下とか、説明書きの終わりのあたりに、英語名がさらりと印刷されていることがあるわけだ。それを見に行く。優しい店員さんだと、質問したら答えてくれる。まさか、切断遺体が……とは言わないが、切り口は鮮やかデスよね？　ぐらいは口を滑らすときがある。

結局、なんとなく形状もわかったし、海外のサイトの写真と合わせて見ても相違ないだろうということで、納得して、夜用のバーベキュー肉を買って家に戻った。それにしてもホームセンターの店舗内には、一部、異様に暗い、どんより曇ったようなスペースがあるよね。気を抜くと吸い込まれるのかもしれないので、注意することにしている。

そろそろ他の本の作業も再スタートさせなくてはならない。きりのいいところまでと思うと、あっという間に時間が過ぎてしまう。ここ数日で、本格的に長いトンネルから抜け出せたような気持ちになってきている。久々に、「もっと書きたい」と思える。

## 05/08 月曜日

### 原田とエイミーのバースデー

親父さんの小さな店のカウンターに座った原田とエイミーは、時間を忘れたかのように語り合った。あまり笑顔を見せない女性だと思っていたエイミーは、実によく笑う人だった。大学では演劇学科で学んでいたが、今現在は休学中で、いつ復学するかはっきり決めていないという。「なんだかつまらなくなっちゃって」と彼女は言った。親父さんのところに身を寄せながら、空いている時間には街を一人で歩き、写真を撮影したりするのが今はとても楽しいらしい。いつまで東京にいるのか、それもまだ決めていない。母親は新しい夫とすでにマイアミに引っ越していて、エイミーが日本に来ていることも知らない。そう言いながら、ふと寂しそうな表情をしたエイミーの横顔が、原田には少しだけ気になった。

「演劇ってことは、演技の勉強?」

「私は演技というよりは、脚本に興味があって」

「それは作家を目指してるということ?」

「作家かもしれないし、脚本家かもしれないし……」と答えて、エイミーは笑った。「私がなれるとは思わないけど、夢を見るのは自由だから」

「きっとなれるよ」と原田は答えた。

「そうかな」

エイミーの口調が砕けたことが、原田にはうれしかった。

近くで見ると、エイミーの顔にはそばかすがあり、それが彼女を幼くも、そして親しみやすくも見せていた。今までは親父さんの店で働く姿しか見たことがなかったが、こうやってカウンターに座って酒を飲むエイミーは、自分が思っていたよりもずいぶん気さくな人だった。シンプルな白いシャツにジーンズとスニーカーを合わせたエイミーは、どんなに着飾った女優よりも、俺には輝いて見えるけどね……原田は密かにそう思った。そして、自分のなかにじわじわと、それまで一度も経験したことがないような幸福感が広がって行くのがわかった。俺、酔っ払ったのか？

親父さんは厨房の奥で翌日のための仕込みをしていた。原田とエイミーは、好きな作家、好きな映画、好きな音楽、家族、そして友人について、飽きることなく語り合った。エイミーは、一方的に話すだけではなく、原田の話もしっかり最後まで聞いてくれる人だった。原田が働く予備校であった愉快な出来事を教えると、目を見開いて驚いたり、手を叩いて喜んだりした。原田は思った。エイミーは、俺が今まで出会った女性のなかで、たぶん、きっと、一番素敵な人だ。

時計の針が午前0時を回った頃、親父さんが厨房から「このあたりでお開きにするか？」と原田とエイミーに声をかけた。「先生、明日も仕事だろ？」

まだまだ話し足りないと原田は思った。明日の仕事なんて、どうでもいいと思った。エイミーは「いつの間にかこんな時間。先生、ありがとうございました」と言った。そして

「おじいちゃん、ありがとう」と言い、すっと立ち、カウンターを片づけはじめた。そんなエイミーを見て、原田も慌ててコップや皿を片づけはじめた。エイミーは「私がやります」と言って、原田の右腕に、左手でそっと触れた。

翌朝、軽い二日酔いの状態で一人暮らしのマンションで目覚めた原田は、すぐに起きると猛烈な勢いでシャワーを浴び、着替え、部屋から飛び出した。二駅先の駅ビル内にある大型書店に向かったのだ。書店に到着すると、脇目も振らずに真っ直ぐ文具売り場に突進した。そして万年筆やボールペンが並べられたガラスケースの前に立ち、真剣な表情で、一本一本、吟味しはじめた。そんな原田に売り場の女性が声をかけた。

「贈り物ですか？」

「はい」と原田は答えた。「学生さんなんだけど、万年筆はどれがいいですかね」

「シンプルなこのあたりなんていかがでしょうか」と言いつつ、女性はパーカーの万年筆を何本かケースから出してくれた。「お相手が女性ですと、このあたりの色もいいですし、男性でしたら黒とかシルバーとか……」と説明する店員の言葉に原田は慌てて、「シルバーで」と答えた。

「シルバーですね。それではこのあたりはいかがでしょう？」と、候補となる数本を指さした。

「じゃあこれで」と、原田は最もシンプルな一本を選んだ。

「贈り物ですよね？」

「はい」

「リボンはおかけしましょうか？」

「……」

「リボンでなければシールもありますけど……」

「それじゃあ、シールで」

「包装紙は、どうされます？　赤とか、グレーとか、青とか、あとは本店オリジナルとか……」

「オリジナルで！」と、原田は即答した。

書店を出て家路を急ぐ原田のバックパックには、書店オリジナルのシンプルな包装紙に包まれた万年筆が入っていた。エイミーのために選んだものだった。箱には、小さなシールを貼ってもらった。シールには「For you」と控え目に印刷されていた。

（つづく）

## 05/09
## 火曜日

資料として取り調べ映像を見る。テキサスで起きた事件の取り調べで、容疑者がテキサス・レンジャー（テキサス州公安局に属する法執行官）の熱狂的ファンと知った担当刑事が、本物のテキサス・レンジャーに依頼して、取り調べ室に来てもらうのだ。

「ハロー、テキサス・レンジャーのジョン・ホランドだ。調子はどうだい？」ホランドはしっかりテンガロンハットをかぶっているし、ピチピチのカッターシャツにピチピチのブルージーンズで、もちろんカウボーイブーツ姿だ。全身、ピッチピチである。ギラギラのテキサスおじさんだ。

容疑者は明らかに喜んで、興奮し「エヘへ……本物のテキサス・レンジャーさんなんだよね？　本物を見たのは初めてだなあ……」という感じで、ぐにゃぐにゃになって、ペラペラ話す。大変面白い映像だったんだけど、私には別のことが気になった。テキサス・レンジャーのジェームス・ホランド。この人、どこかで見た覚えがある。急いで調べてみたら、ビンゴや!!!

有名な人だった。シリアル・キラーも捕まえてるし（サミュエル・リトル）、強引な取り調べで記事にもなっていた。地元ではスターなんだろう。そもそも、レンジャー自体、簡単になれるものではないから、古くからテキサス男子の憧れの存在なのかもしれない。日本で例えるとどんな存在なんだろう。西部警察だろうか（ホランドは大門か？　しかし今どき誰が知っているのか、大門を？）

こんなどうでもいいことを調べつつ、夜まで翻訳。しばらく翻訳漬けだ。今、琵琶湖は一年で最も美しく、過ごしやすいシーズン。それなのに家に籠もって翻訳だ。楽しいからOKだよ。

## 05/10 水曜日

メンタルクリニックにずいぶん前から通っている。今日は、私の次に患者さんがいなくて先生が暇だったようで、診察が長くなった。

「それで、お兄さんのことはどう思ってるの？」

「可哀想だなって思ってますよ。まだ若かったし、生活も大変だったろうし、病気もしてたし。もっと助けてあげればよかったなって思いますよ、さすがに」

「でも、全然助けてなかったわけではないんでしょう？」
「そうですね。賃貸契約の保証人にもなったし、葬式も出しちゃったし……」
「それで十分じゃん、あはは」「そうですね、あははは」

先生は優しい人だと思う。でも先生は、私が兄の死について本を書いたことを知らない。それを知ったらどう思うだろうか。ただでは転ばない女だと思うのではないか。計算高い妹だと思うのでは？

クリニックの帰り、駅のホームでワンピース姿の女性が分厚い本を読んでいた。ただそれだけのことなのに、周囲の景色が霞むほど彼女が輝いて見えた。私が本に関わる仕事をしているからではないと思う。彼女には特別な雰囲気があった。彼女が手にしていた、分厚い本にも。

## 05/11 木曜日

最近移動時にはQuietComfort（ヘッドフォン）が手放せなくなった私だが、山科駅前にある志津屋のガラスに映った自分を客観的に見て怖かった。オーディブルで今現在訳している本を聞きつつ、ペッパーカルネを買いに行くところだったわけだが、ちょっと気をつけようと思った。クワイエットモード（ノイズキャンセルモード）にしていると、没入感が強すぎるのかもしれない。自分しかこの世にいないみたいな雰囲気になっちゃうんだよね。まるで聞き込み中のデカじゃんって思った（かっこいい）。

## 05/13 土曜日

雨。今日は翻訳の続きを……と思っていたのだが、左手が痛くて一日休むことにした。朝からTikTokでパニーニおじさん（と私が勝手に呼んでいる男性）の配信を見る。ナポリにあるCon Mollica o Senza?という店で、大人気店だ。別の有名店で働いていた彼だが、TikTokで配信を始め、店に客が殺到するようになり、上司に配信をやめろと言われて独立した。今はオリジナル店の店主として毎日山ほどパニーニを作っている。

あのザクザクの大きなパンはどうやって焼くのだろう。バジルソース、たっぷりのモツァレラ、大きなオリーブ、ドライトマト、生ハム、サラミなどをどっかんどっかんと挟んでいく。それを大きな包装紙でくるくるっと巻いて（あのかわいい包装紙！）、スマホを構えて撮影する客に手渡す。なにが楽しいのかわからないのだが、とにかく見てしまう。

シンプルだけど、一発当てたらすごい！　みたいなビジネスに憧れてしまうのだ。

## 05/14 日曜日

思いがけず、息子たちそれぞれから、母の日のプレゼントをもらう。ちゃんとしたものをもらったのは今回が初めてじゃないかな。この喜びは一生忘れないと思う。

## 05/15 月曜日

『射精責任』（太田出版）の原稿を戻した。『LAST CALL』（亜紀書房）の翻訳を進めた。『The Real-Life Murder Clubs』（大和書房）の翻訳を進めた。「村井さんちの生活」（新潮社Ｗｅｂマガジン『考える人』連載）を（途中まで）書いた。『すばる』（集英社）の連載「湖畔のブッククラブ」の原稿を書くために『死体とＦＢＩ』（早川書房）を読んだ。うーむ。ＦＢＩが証拠隠滅なんて話は聞くが、今度は殺人かーい！

今日も今日とて、文字だらけだ。いろいろな人に「原田は誰だ」とか「原田はどうなる」と質問されるが、私ですら、コーヒーを飲みながら、家事をしながら、原田のこれからに思いを馳せている。みんなの原田はどんな原田なんだろう。私のなかの原田には六角精児みが増してきている。

## 05/16 火曜日

今日は一日休んだ。朝、少しだけ原稿を書いたが、それからはずっと休憩……というかネットショッピングだ。調子が戻るとショッピングも戻って来る。私はここ数十年来のネットショッピングファンで、よなよなネットの大海を彷徨い、役に立つのか、それとも立たないのか、よくわからないものを買い続けている。そんな私が販売（リニューアル）を今か今かと待っているものがある。iPad miniだ。iPad は発売直後から様々なモデルを買ったが、サイズ、容量、すべてにおいてナンバーワンは iPad mini。間違いない。リニューアルは来年初頭らしいが、今から我慢できずに待ち続けている。

## 05/17 水曜日

義父が弱々しい声で電話をしてきて、これから先、どうしたらいいんやと私に聞く。

私と夫が結婚する前、私が母子家庭の家の娘と知った義父は私をフランス料理店に連れて行き、皿が出される度に「こんなもの、食べたことないやろ?」と大声で聞くという謎の意地悪をした。いくら私が母子家庭の家の子だからといって、(27歳にもなっている女に)こんなことするなんてと思ったが、そんな義父も今年91歳。そして、これからどうしたらいいんやと私に聞いてくる。今までの人生の反省でもしたらどうや(アウチ!)。

## 05/18 木曜日

膳所駅近くにお気に入りのパン屋があって、その店舗内のイートインスペースで時間を潰すのが最近のマイブーム。パンは美味しいし、コーヒーも美味しいし、電源があるしで最高。今日もQuietComfortで周囲の音を完全に消した状態で資料のドキュメンタリーを視聴した(『シリアルキラー・プロファイル ―アメリカ史上最狂の5人―』)。30分程度時間を潰し(QuietComfortとiPadがあれば、どこでも映画館だ)、すぐ近くにあるお馴染みのメンタルクリニックへ予約時間ぴったりに到着。

「どう? 元気になりました?」

「はい、かなり元気になりました」

「それはよかったねえ」

「はい、おかずも徐々に増えてきました」と答えたら先生は大笑い。前回の診察で「家事をするのが死ぬほどイヤです。やる気が出ません。おかず1種類で限界」と先生に相談していたからだ。

「献立を考えるのが一番大変だって言うものねえ」

「自分がお腹が空いていないときに、美味しい食べ物を作ろうなんて無理な話ですよ。それも毎日。やってらんない！」

再び先生は大笑いし、カルテになにやら書き込んだ。診察終了。次は二週間後。

ちょうど夫が義母の通院の付き添いで近くに来ていたため、とあるフードコートで待ち合わせて合流。近江ちゃんぽんを初めて食べたのだが（滋賀県民のソウルフードなのに、なんてことでしょう！）なかなか美味しい。義母はちゃんぽんが運ばれてきても、あまり反応がなく、一本のモヤシを右に5センチ移動、そして左に3センチ移動のような不思議なことを繰り返し、結局、食べることができなかった。

## 05/19 金曜日

義母の認知症が瞬く間に進行した。ここ三ヶ月ぐらい、できていたことができなくなったなと思っていたが、医師曰く、かなり進行したとのことだった。「長谷川式認知症スケール」の点数も前回（一年前）の半分以下。以前は5分程度の記憶の保持はできていたと思うが、今はまさに一瞬、一瞬を生きている義母。それなのに、本来の明るい性格は一切失われておらず、認知症患者と思えないほど溌剌としている。

## 05/20 土曜日

「生誕100年　山下清展」に行ってきた。佐川美術館で開催中。べつに芦屋雁之助を責めたいわけではないが、本物の山下清は『裸の大将』からはほど遠い人だったのだなと改めて思った。山下清作品管理事務所代表の山下浩氏が記した「家族が語る山下清」（図録『生誕100年　山下清展―百年目の大回想』所収）には、清が自分を面白おかしく表現されることに納得がいっていなかった様子が描かれている。

彼のなかにも画家として有名になるためにやらなければならないことと、自分のプライドの間で葛藤する姿があったのだ。ランニングに短パンというイメージを嫌い、普段はスーツ姿だった。清が実際に使用していたリュックサックも、映画で描かれていたものよりはずいぶん小さい印象があった。最も有名な作品は花火の貼り絵だとは思うが、私は《自分の顔》（1950年）の作品の色合いがとても好きだった。貼り絵なのに、タイルのような立体感がある。

清は49歳という若さで亡くなっている。晩年、接待が続き、放浪していたときより体重が増え、血圧も高く、最後は脳溢血だったそうだ。

05/21 日曜日

家に戻った原田は包装紙に包まれた万年筆をバックパックの中から取り出すと、ダイニングテーブルの上に置いた。For you と印刷されたシールを見て、前夜遅くまでエイミーと語り合った時間を思い返していた。

エイミーは原田より6歳年下だった。年下とはいえ、エイミーとの会話は原田にとって、この上なく心地よいものだった。酒の酔いも手伝っていたと思う。自分にしては珍しく、いろいろなことを正直に話してしまったなと原田は少し恥ずかしかった。厨房の奥で仕込みをしていたはずの親父さんが、原田とエイミーのほうをちらりと見て、少しだけ微笑んだのもうれしかった。親父さんに信頼されていると感じたからだ。

「それじゃあ、アメリカに帰ったらもう一度大学に戻って、卒業する予定？」

「日本が好きだから、もしかしたら、ずっとここにいるかもしれない」

「え？　そうなのか……日本の大学にも演劇を学べるところはたくさんあるはずだから、いいかもしれないね」

「それにね、私、おじいちゃんのお店が気に入ったんです。お客さんも優しい人ばかりだし……」とエイミーは微笑みながら言って、原田を見つめた。

俺か？　まさか、俺のことか？　と原田は焦り、そして喜びの余りニヤついてくる顔を平静に保つのに苦労した。

「そうだね、大人しい常連のおっさんばかりだからな」と、原田はかろうじて答え、赤くなった頬を誤魔化すため、両手でバシバシと叩いた。

「いや～、あり得ないよ～」と、原田は一人暮らしのマンションで、包装紙に包まれた万年筆を前に、エイミーの言葉を思い返しながら大いに照れていた。「まさか、あんなに素敵な人が、俺のことを優しいと思ってくれているなんて、それはちょっといくらなんでも

「……」と赤面しながら立ち上がり、冷蔵庫の缶チューハイを取り出し、勢いよく飲んだ。
「はあ、真面目に生きていると、いいことがあるなぁ」

翌週の原田は忙しかった。なかなか成績の伸びない生徒の悩みを聞き、指導に力が入った。性格の穏やかな原田は人気講師で、彼の周囲には常に学生たちがいたから、帰りが遅くなることもよくあった。自分の授業だけではなく、後輩の講師にアドバイスすることも忘れなかった。「先輩、最近、なんだかいきいきしてますね」と言った後輩に対しては、「真面目に生きていると、たまにはいいことがあるんだよ」と原田は答えた。時間を見つけて親父さんの店に行き、エイミーにプレゼントを渡したいと思っていた原田だったが、結局、店に立ち寄ることができたのは、エイミーの誕生日に二人で話をしてから10日後のことだった。

20時、仕事を終えた原田は真っ直ぐ親父さんの店に向かった。暖簾をくぐって中に入ると、いつもの常連たちがすでに座って飲んでいた。原田の席にはいつも親父さんが新聞紙や雑誌をさりげなく置いてくれていたが、その日も無造作に雑誌が置かれていた。原田は常連客らに軽く手を挙げ挨拶すると、「こんばんは」と親父さんに声をかけた。さりげなく店内を見回したが、エイミーの姿はなかった。親父さんがカウンター越しに、原田におしぼりを手渡した。

「とりあえず、ビールで」と原田は親父さんに言ったが、なんとなく胸騒ぎがした。

「はいよ」と親父さんは言い、いつものように瓶ビールの栓を勢いよく抜き、グラスと一緒にカウンターの上に置いた。

原田は迷った。今日はエイミーは休みなの？　親父さんに聞いてみようと思ったのだ。スーツの右ポケットには、彼女に手渡すはずの万年筆が入っている。原田が迷っていると、親父さんが唐突に言った。

「帰ったよ」

原田は言葉を失った。

「エイミーだろ？　あいつだったら帰ったよ、アメリカに。先生には言わなかったんだな」

（つづく）

**05／22 月曜日**

義父通院日。義父の通院には、もちろん義母も連れて行かなくてはならない。義母に留守番はさせられない状態だ。理由は認知症だからで、万が一、徘徊してしまったら大ごとだからだ。しかし一方で、義父に留守番をさせ、義母だけ連れ出すことも、とても難しくなってきている。義父の場合は、パラノイアとパニックだ。

前々からその兆候はあったが、一人になると「義母になにかあったのでは」とか「全員が事故に遭ったのでは」とパニックがはじまり、様々な場所に電話をかけてしまう。以前、車の運転ができる頃は、このようなパニックが原因でわが家に突然駆けつけてくるという事件が多々あった（「固定電話に応答がないのは、全員が死んだのではないか」と心配になったという理由で。固定電話に応答がなかったのは、私がしつこい電話に嫌気が差してコードを抜いていたからだ）。

ってなわけで、二人はどこへ行くにも一緒である。面倒くさいことこのうえないし、引率の私はとても疲れる。年を取るとはこういうことなのかなとも思う。私もこうなるだろうなと想像する（いや絶対ならん）。こちらが精神的に余裕があるタイミングでは仕方がないことだと考えられるのだが、苛ついているタイミングだと、こんなん普通とちゃうわ、アホかと思うのだった。

## 05/23 火曜日

体調がよくなり、毒舌が戻ってきてしまった。今度、クリニックの先生に相談してみよう。また爆笑されちゃうかも。

## 05/24 水曜日

とてもよい天気。仕事の合間の休憩中に、昔のメモを発掘。

〈心筋梗塞で入院してる兄の主治医（塩釜の病院）から連絡あって、明日カテーテル手術なんだって。糖尿病と高血圧があって、心臓の大切な3本の血管が全部狭窄してるらしい。本当は開胸でバイパス手術するのがいいんだけど、兄が拒否したそう。カテーテルでもできないことないからカテーテルにしますって、あっさりとした先生だった。兄をひと目見れば、だいたいどんな人生を送ってきたのかはわかると思う。だからだと思うけど、明日の手術はこちらに来てとは申しませんが、携帯の電源だけは入れておいてくださいとやさしく、しかし簡潔に言われた。〉

兄が開胸手術なんて恐ろしいこと、できっこないのだ。カテーテルが終わったあとに、「なんで開胸しなかったの？　そのほうがよかっただろうに」と、開胸手術経験者の私は謎の上から目線で兄に聞いたのだが、「俺が入院しちゃったら、息子が困るだろ」と言っていた。

〈兄から電話があり、「おまえには本当に迷惑をかけたな」と言われた。家を取られてずいぶん落ち込んでいるようだったけれど、今までの経過があるので借金を申し込まれるんじゃないかと思って、断る準備万端整えていたら、兄はいきなり泣き出した。

俺はもう、人生詰んだよ。仕事もないし金もないが子供を養わなくちゃならない。まだ若いんだからなんとか立ちなおってと励まして電話を切り、兄が銀行に取られてしまったという家をストリートビューで見てきた。でかい〉

長く生きていると、人生、いろいろあるよなあ。最近、昼寝でもしようかとベッドに寝ると、こんな昔のことを徐々に思い出して、なんだか泣けてくる。私の情緒、大丈夫だろうか。兄の辛かった日々も、私が兄を斎場まで連れて行ったあの日、すべて焼き尽くされたに違いないと今は思う。

## 05/25 木曜日

朝一番に、太田出版藤澤さんに『射精責任』第三稿を戻した。なかなかいい仕上がりになってきていると思う。落ちついたトーンの文章だ。タイトルの激しさとは裏腹に、本文は肝が据わっている。良いバランスになっていると思う。

原稿も順調ということで、今日は愛犬ハリーのごはんの仕込みをする。普通にやってても退屈なので、アメリカの人気ホームドラマ『モダン・ファミリー』を鑑賞しつつ、作業。

・鶏胸肉
・キャベツ
・ブロッコリー
・ゆで卵
・その他、冷蔵庫のなかで賞味期限を迎えつつある野菜

これらの食材を、それぞれ蒸したり、茹でたりする。ごった煮にはしない。だってそん

なの絶対に美味しくないから。なぜ世の手作りドッグフードはごった煮なのだろうか。ゆっくり、ゆったり作業して、大きなバットにできあがった食材を並べて、熱を取って、冷蔵庫へ。鶏肉を茹でたスープはハリーの大好物なので、タッパーに入れて冷凍庫へ。ドラマ見ながらのゆっくり作業。こんな時間があってもいい。午後は殺人鬼を追いかける鋭いデカ目線で翻訳をするけどね。

## 05/26 金曜日

雨で気温が下がっている。昨晩、『射精責任』第四稿が早くも戻ったので、午前中に目を通す。それにしても、SNS上では発売前だというのにすでに話題になっている。タイトルから得られるイメージとは違う内容だが、発売後の反応も楽しみだ。アメリカは今、中絶反対派と賛成派の間で大きな議論が巻き起こっていて、まさにその渦中で出版された本書だが、冒頭で著者のガブリエル・ブレアは「賛成・反対のディベートを一旦脇に置き、本当に中絶を減らしたいのであれば、他にできることがある」と書いている。そして、女性の体のこと、男性の体のこと、中絶、避妊について斬新な提言を行っている。若い人も、大人も、男女問わず是非手にして頂きたい。

## 05/27 土曜日

メールの見逃しが多数発生していた。十年ぐらい前までは、メールの返信が早すぎて気味が悪いと言われていた私なのに、本当にどうしたことだろう。一通、一通、拾い出して、慌てて返信。おかげで新規で2つも仕事を頂いた。なかには数ヶ月放置してしまったものもあったというのに、みなさん優しかった。これからは気をつけると心に決めた。

## 05/28 日曜日

ハリーの散歩でもさせようかと、マキノにあるメタセコイヤ並木に行ってきた。子どもたちがまだ幼い頃、広大な敷地と人の少なさ、そしてもちろん自然の美しさが魅力で、よく通っていた。買い物もできるし、軽食もあるし、トイレもあるしで小さい子どもを、それも双子を連れた我々にとってはベストな場所だった。なにせどれだけ走り回っても問題なし。叫び続けたとしても、その声は連なる山々に吸い込まれていくだけ。

しかし、最近のメタセコイヤ並木はその頃とはがらりと雰囲気が変わって、観光客でごった返す映えスポットとなっていた。TikTokの撮影とみられる若い女性の集団や、インスタグラマーとみられる女性の大がかりな撮影、とにかく撮影・撮影・撮影。途中、女性たちに「かわいい〜」と言われて撫でられそうになったハリー、緊張してぐっとリードにテンションがかかったので肝を冷やした。ハリーは普段はとても穏やかな犬だが、家から外に出ると意外にも好戦的で、他の犬とすれ違うときは確実に吠える。いきなり触られると吠える。力では確実に負けるので、人の多い場所にはハリーを連れて行かないのが正解だ。涼しくなったらハリーを連れて京都の町でも散策したいと夢を見ていたが、無理だ。ハリーは、山と湖専門の犬になってしまった。

それにしても観光地が賑わうという場面に遭遇したのは久しぶりのことだった。地元の人はほっと一安心しているだろうか。

## 05/29 月曜日

いつものクリニックへ。

「最近どうですか？　まだ眠れないとき、ありますか？」

「そうですね。仕事をやりすぎてしまった日とか、頭のなかが忙しくなって、自分の声がうるさくて眠れないみたいな状況になりますね。眠気と対決してしまうようなところがあります」

「眠気と対決……？　ふふふ……僕も若い頃はいろいろ考えて眠れなくなったものだけど、今は、あっという間に寝ちゃいますよ」

「それはうらやましい限りです」

「あなたは、寝る前に本は読むの？　もしかして、面白い小説を読んでいるんじゃないの？　面白い小説を読みはじめたら、きりがないでしょ？　つまらん本を読んでみるのもいいかもよ？　ふははは」

「アハハハ」


薬がちょっと増えた。

## 05/30 火曜日

そろそろ翻訳に戻らないと、本格的に戻ることができなくなるので、しばらくＳＮＳから離れて机に向かわなければ……と思うものの、『射精責任』がキャンプファイヤみたい

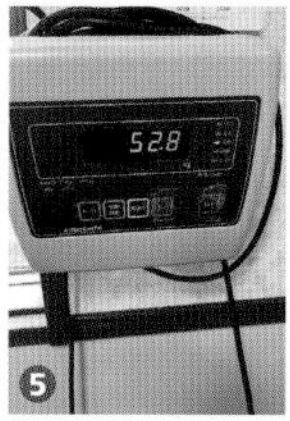

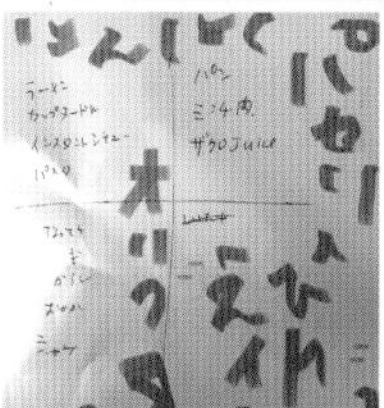

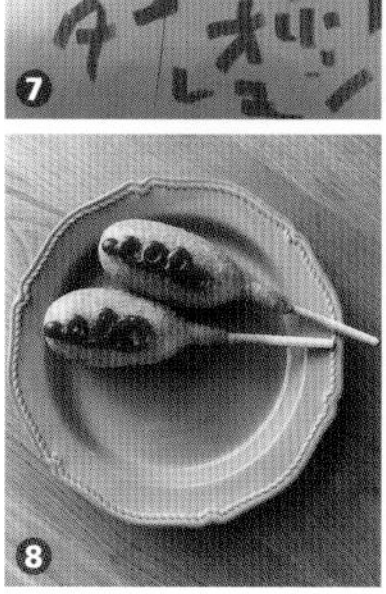

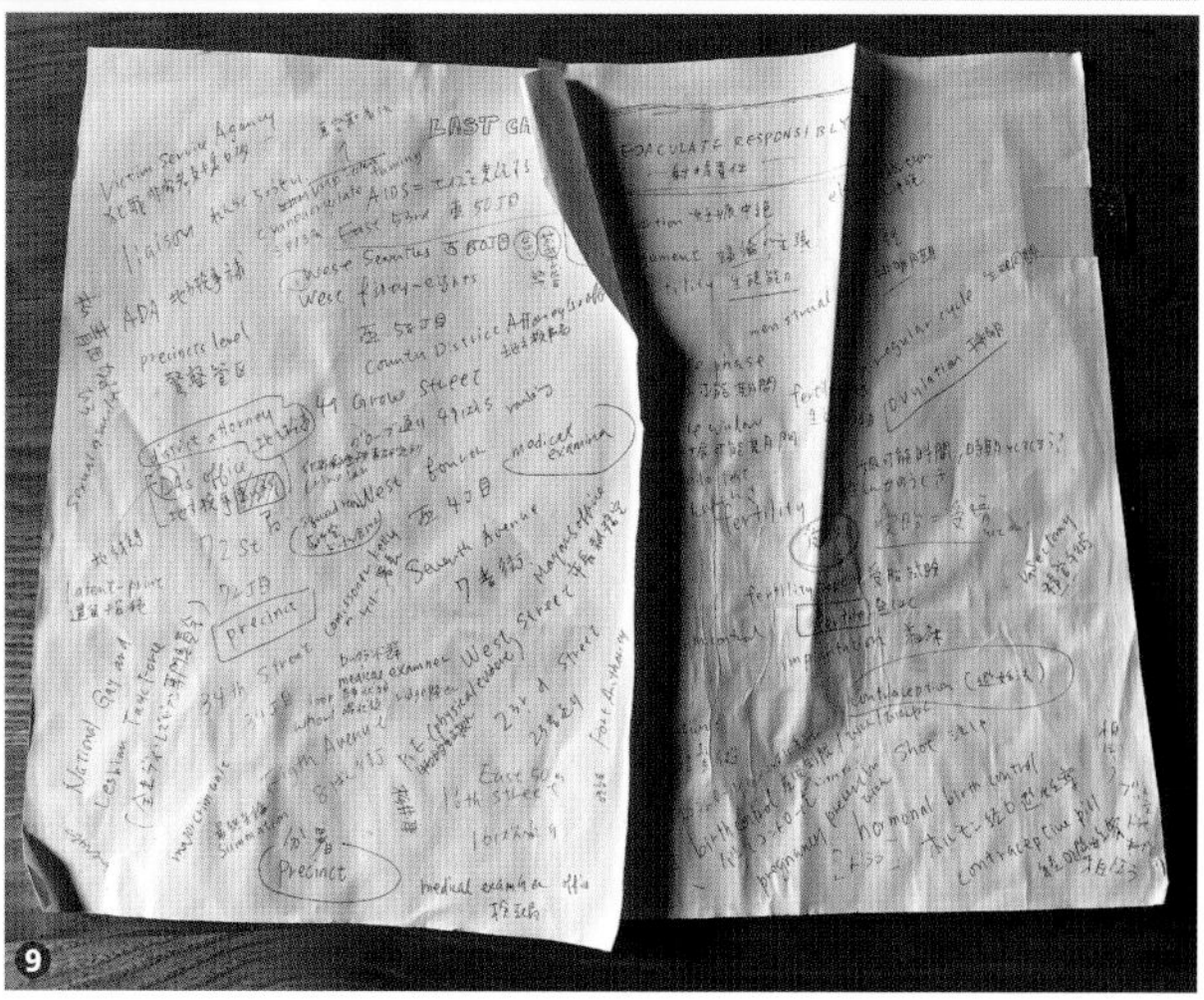

**1.** 山下清展が最高だった ／ **2.** メンタルクリニック帰りにいつも買って帰る息子たちへのお土産
**3.** トークショーをした読売新聞社 ／ **4.** 一年で一番いい季節 ／ **5.** ハリーの体重 ／ **6.** 仕事の合間に夕飯の準備
**7.** 買い物メモ ／ **8.** 長男のこういう遊び心が地味で好き ／ **9.** 翻訳中のメモ。手書きのほうが記憶に残る

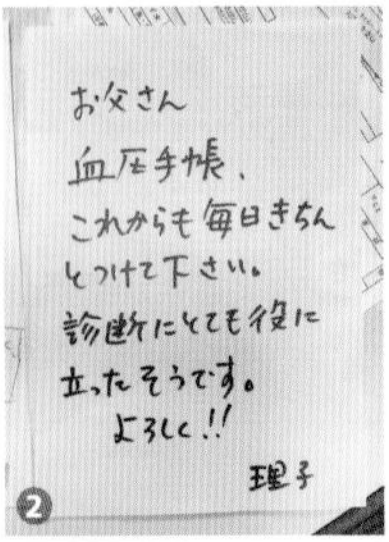

**1.** 紛失防止ロープがついた財布など ／ **2.** 義父への指示メモ ／ **3.** 湖西線
**4.** みんな大好きビーフシチュー ／ **5.** 汚さないようゲラにはタオルを敷く
**6.** チキンカツ。毎回1.5kg揚げる ／ **7.** とにかく枝が大好き

に勢いよく燃え続けるので、心配で見に行ってしまう。それにしても担当編集者の藤澤さんは強い。そして歯切れが良い。『射精責任』というタイトルで書籍を出版するには相当の勇気が必要だと思うが、彼女はしっかりしている。私も最後まで彼女に伴走しようと思う。

## 05/31 水曜日

ライターの栗下直也さんは、酔っ払いについて書いた著作がいくつかあって大変面白い。そして文章が巧みだ。

私と栗下さんを担当している編集者によると、私と栗下さんは興味の方向性が大変似ているらしく、コロナ禍が始まったとき、なるべくしてそうなったかのように『のんき〜ず』という正体のよくわからないチームを結成した。そしてこのたび、『のんき〜ずラジオ』という、こちらもまだよくわからない配信をしようという話になり、来週、Zoomミーティングがある。確かに栗下さんと私は愛読するコミックが同じだったり（『外道の歌』）、政治家の酒癖について調べていたりと重なる部分があるので、楽しいかもしれない。配信、やりたかったんだよね。これからは配信やと思うで、ワイ。

2023年

# 6

# 月

## 06/01 木曜日

# 原田の落胆

「エイミーだろ？　あいつだったら帰ったよ、アメリカに。先生には言わなかったんだな」

そう親父さんに言われ、原田はしばし言葉を失った。胸が痛んだ。目眩がした。酷く狼狽えているのを親父さんに悟られないように、「そうか、帰ったんですね。そりゃそうですよね」と答えた原田だったが、あまりのショックに次の言葉がスムーズに出てこなかった。

「挨拶だけはしろと言っておいたんだがなあ……急いで戻ったから全員に挨拶するのは無理だったんだろ」と親父さんは言った。

全員。そりゃそうだよなと原田は思った。客なんて俺以外にもたくさんいる。エイミーと会話をしていたのは、もちろん俺だけじゃない。彼女の誕生日を一緒に祝ったことで、彼女にとって自分が、もしかしたら少しだけ特別な存在になったかもしれないなんてことは、幻想に過ぎなかったのだ。だから、彼女が俺に別れを告げるためだけに、例えば店から徒歩5分にある予備校までやってきて、退勤してきた俺に声をかけてくれるだとか、親父さんには伝えてある電話番号に電話をしてくれるだとか、そんなことをするわけがないじゃないか。俺なんかのために、彼女がそんなことをしてくれるわけがないじゃないか。あのエイミーが。脚本家になるという夢を抱く、輝くような瞳を持つ、あの女性が。バツイチでしょぼくれて、なんのとりえもない俺なんかのために。

原田は右ポケットに手を突っ込んだ。エイミーに渡すはずだった万年筆がそこに入っていた。原田はきれいに包装されたその箱を改めて確認すると、親父さんに声をかけた。

「親父さん、焼酎のお湯割りで」

2時間後、泥酔した原田は親父さんの店を出た。フラフラと駅の方向に歩きながら、ふと足を止めた。「カサブランカ」の紫色の看板が目に入ったのだ。カサブランカは、親父さんの店から10メートルも離れていない場所にあるスナックで、親父さんの店が満席のときや、親父さんに「先生、たまにはカサブランカにも行ってやってくれよ」と頼まれたときに原田が向かう場所だった。原田はふと思った。今日はカサブランカで俺の失恋パーティーだ。ママとユキちゃんに俺の苦しい胸の内でも聞いてもらったほうがいい。

原田はヨロヨロになりながら、カサブランカのドアを開けた。客のいない店内で、退屈そうにしていたママはぱっと表情を明るくして、「せんせーい！　いらっしゃーい！」と大きな声で原田を出迎えた。カウンターで頬杖をついてトランプ占いをしていたママの娘で従業員のユキが、「カオルちゃ〜ん！　いらっしゃーい！」と言いながら、座っていたスツールから飛び降りるようにしてやってきて、原田の腕にしがみついた。原田を名前で呼ぶのは、カサブランカのユキちゃんだけだ。

原田はおぼつかない足でカウンターに座り、「よう！　お久しぶり」と言った。呂律はすでに回っていなかった。「今日はおじさんの失恋記念日なので、一緒に飲みましょう！　歌いましょう！」

「先生、今日は珍しく酔ってるのね。そりゃ、人生いろいろあるわよねえ」とママは言った。ユキちゃんは、ウンウンと頷いて、「可哀想なカオル君」と言って、原田のボサボサの頭をヨシヨシと撫でた。

「あ！　そういえばさ」と、ユキが思い出したように言った。「恵美ちゃんから預かってるのよ、手紙を。カオルちゃんに渡してって言われて、この前預かったんだ」

「そんな子、知らないよ、俺」と原田は言った。

「恵美ちゃんだってば。親父さんのところの孫娘の恵美ちゃん！　通称、エイミー！」

原田は持っていた水割りのグラスを落としそうになった。

（つづく）

## 06/07 水曜日

3年前に新たに設置したリビングのエアコンの調子が悪く、工事をお願いした工務店に連絡を入れた。メンテナンス担当の明るいFさん（私よりは結構年上）がすぐに来てくれた。

「大きい犬、大丈夫でしたっけ？」と私が聞くと、失礼なことを聞くなと言わんばかりの表情で「噛むやつはあかんけど、それ以外は大丈夫や。犬は好きやから」と彼は答えた。不遜な笑みを浮かべながら。

わが家のエアコンはマルチエアコンのうえに埋め込み型（目立たないように壁の中に設置されている）で、配線が壁の中を走っているという、いわば壊れたらやっかいなタイプのエアコンだ。

「これやからマルチは」とか「これやから設計家が作る家は」とか、Fさんはぶつぶつ言いつつ（「ほんまは配線も外に出しておいたほうがええんですよ！」「壊れても取り替えが楽やしね！」）、ハリーを、チラッ、チラッと見ていた。ハリーはFさんと目が合うと、すぐにひっくり返ってお腹を出した。

「おまえはなんてでかい犬なんや」と言いつつ、Fさんはハリーを触らない。「触らないよ。触ってあげないよ、わしは」と言って、ハリーを見るだけ。ハリーは腹を触ってほしくて、ぐるんぐるんと体をねじっていた。とんでもないツンデレおじさんだ。結局、Fさんは丁寧にエアコン内部を確認してくれ、部品のサビを見つけてくれ、「これはメーカーさんに連絡やね」と言い、いろいろと私にアドバイスをくれた（どのようにしてメーカーに状況を説明するのがいいのか）。そして、「何かあったら遠慮なく連絡して下さい！」と言って、最後に一回だけハリーの頭を撫でて去って行った。

「彼らはしっかりしてるから、明日にでも来てくれますよ」というFさんの言葉通り、明日来てくれることになった。

この日は、なぜか巷で超話題の太田出版『射精責任』初校戻しの日で、ダイニングテーブルの上に原稿を思いっきり広げていたのだけれど、射精という文字がFさんに見えないように必死に隠した日だった。

## 06/08 木曜日

エアコンの修理の人がやってきてくれ、部品を無償で入れ換えてくれた。最高。業務用のエアコンなので、調子がいいと寒いぐらいによく冷える。ヨシ、これで今年の夏もハリーと一緒にダラダラできる。ついでに、「超一級遮光・形状記憶加工・遮熱・防音カーテン」を注文。午後になるとリビングに差し込む西日で部屋がとても暑くなるのだが、それも今年は大丈夫。これで完璧だ。

ハリーは毛むくじゃらの犬で体重も重いので、暑さに本当に弱い。人間にとって、涼しくて快適な気候でも、彼にとっては暑いのだ。彼がリビング横にある部屋を大好きな理由は、梅雨時から夏が終わるまで、ずっとクーラーをつけているから。もちろん、ハリーのためだけにつけている。

## 06/09 金曜日

ロックの日。私の誕生日。

昨日のクーラーは誕生日のプレゼントだったのかもしれない。ラッキー過ぎる。

自分は何もいらないと言いつつ、Morus Zeroという小さな乾燥機（カワイイ）と、自分名義の車を買った（カワイイ）。すごくないですか。私、誕生日に車を買いました。生まれてはじめて、車を買いました。自分で。30年乗った愛車（夫の車）がそろそろ寿命を迎えそうなのだ。まだ手放したくはないが（夫の車なのにまるで自分の車のように書いているけど）、仕方がない。故障ばかりでメンテナンスが大変なのだ。自分だけ大胆に買うのもなんなので、息子たちにはステーキを買ってやった。

それにしても、車を買ったことがうれしい。うれしくてたまらない。どこまでも走っていくのだ。それができる人になりたいのだ。

思い切って7人乗りの大きな車を買った。納車は来年春だが、とても楽しみだ。ハリーを連れて旅に出る。まずは近場から攻めていこうと思う。小浜に蟹を買いに行きたい。カメラを設置して配信しようかなとまで思っている。メーカーオプションはあまりつけなかったが、ナビの画面は大きいものにした。ウフフ、楽しみだ。電源も二箇所つけた。支払いのことは今から考える（来年の春までに用意すればいいんだしさ。なんとかなるやろ）。俺ならできる。

## 06/10 土曜日

「東京ヴィンテージマンション」と「カウカモ」を夜な夜な見て、夢想している。こんな部屋に一人で住むってどうだろうと、連日連夜、考えながら見ている。購入資金をどうするのかとか、老後は？　なんてことはどうでもいい。そのマンションのベランダから眺める夕日はどれぐらい赤いのかとか、川沿いの土手を走る小学生は何人ぐらいいるのだろうとか、ビル群の窓のひとつひとつに映る人影を見てみたいとか、その人はどんな仕事をしているのかとか、そんなことを次々と予想しては、眠剤がじわじわと効いてくるのを待っている。眠剤が効いてくるにつれ、その妄想はどんどん歪んだ方向に行くのだが……。

最近眠剤の種類が変わって、眠りに入る直前に少し奇妙な夢を見る。先日はジョー・バイデンに話しかけられ、何を言ってるのかさっぱりわからん、どうしよう、この人、酔っ払ってる？　という夢を延々と見た。夢のなかのジョー・バイデンは、演説の内容に合わせて眉毛を付け替えていた。

## 06/11 日曜日

ふと、学生時代にやっていた中華の出前のアルバイトを思い出した。自転車の荷台に出前機が設置してあって、町内をぐるぐる回っていた。午前10時半から午後2時半までのバイトだった。信号待ちでタバコを吸うのが楽しみだった。古着屋さんの店長がラーメンと餃子を週に何度も注文する人で、持って行くたびに優しくて、若干、好きになってしまったのだった。

中華の出前のアルバイトを辞めてから1年後ぐらいだったと思う。木屋町のカラオケボックスでアルバイトをしていた私はその日、バイト仲間と新福菜館に寄ってラーメンを食べていた。上機嫌に食べていたのだが、私の後ろの四人席に座っていたカップルが突然大げんかをはじめ、女性が奇声を上げながらラーメンを鉢ごと男に投げたのだ。投げられた男はひょいと鉢を避けて、鉢は私の頭にクリーンヒット。私は、アハハハハと大笑いしてしまったのだが、その鉢を投げられた当の男性が、古着屋の店長だったのだ‼

彼は私をまったく覚えていなかったけれど、私はしっかり覚えていて、うっかり「店長、覚えてますか、あのときの中華の出前です」と言いそうになった。しかし当の古着屋の店長は、私に目もくれず、チッと言って、泣きじゃくる女性に千円札を数枚投げつけ、新福菜館を後にした。新福のおっちゃんが「ごめんなあ」と私に言っていた。「あ、いいですいいです」と、頭から麺をぶら下げながら私は言った記憶がある。

ラーメンぶっかけられたことよりも、あんな男だったことが悲しいと思った若き日の私。

## 06/13 火曜日

しばらく離れていた翻訳に戻る。一旦離れると本当にしんどいのだが、ある程度目標を決めて（例えば、今日は1万ワードを仕上げようとか）、それをクリアするということを繰り返すと、徐々にかちっと歯車みたいなものが合い、そこから順調に回りはじめる。そうなってくると、わいのターン!!! 俺ならできる！

## 06/14 水曜日

翻訳に戻ってスピードがあがってきた。作業に飽きると原稿の文字の級数を上げたりフォントを変えたりしてみるのだが、級数を上げるのは大丈夫だが、フォントを変えるとさすがに文体まで変わってしまうな。ということで、フォントはデフォルトのまま、ちょっと級数を上げたり下げたりしながら、翻訳をする。こんな変なことをやっている翻訳家さんはいるだろうか。

## 06/15 木曜日

いつものメンタルクリニック。少し早めに駅に到着したので、いつものパン屋に立ち寄って、ツナサンド、ハムチーズサンドを計6箱購入。息子たちの大好物なのだ。私はアイスコーヒーを注文して、フードコートに座ってドキュメンタリーを観ながら時間を潰した。

飲み終わった頃にちょうどよい時間になったので、そこから歩いて数分の、メンタルクリニックに向かった。いつも思うけれど、におの浜というのは本当に美しい場所で、老後はこのあたりのマンションで一人で暮らしたいわあと考え、老後は一人でマンションなど、まったく現実から離れたことをよく考えるものだわと我ながら思い、家族に申し訳ないと感じた。しかし、人間の心は常に自由であってよいわけで、私の願い事が叶うならば翼が欲しいのであり……などなど考えていたらクリニックに到着。中に入ると年配の男性が一人待っているだけだった。隣に座ってしばらくすると、その年配の男性が小さな声で「Hey Siri...」とiPhoneに話しかけはじめたのでちょっとびっくりしてチラッと見ると、外国人男性だった。

続けて「昨日のレンジャーズの試合結果を教えてくれ……」と小声で聞いていた。私はちょっと面白くなっちゃって、下を向いて必死に本を読んでいるフリをしていた。すると診察室からバーン！ と先生が出てきて、「あなたの症例はこの文献に詳しくありますので、これコピーです。よかったら読んでみて下さいね」と英語で言い、私の横のレンジャーズファンは、「Oh yes, thank you」みたいな返事をしていた。主治医はたぶん七十代だが、宮澤喜一レベルで英語を操る七十代の日本人男性にはなかなかお目にかかれないので、ちょっとワクワクした。

レンジャーズファンの次に診察室に呼ばれた。

「最近はどうです？ 元気になってきたみたいだね、表情を見ると」

「元気ですよ」

「仕事は？」

「バリバリやってます」

「つまらない小説、読んでる？」

「この前読んだノンフィクションがつまらなくて、ページが進まなくて怒り心頭で眠れませんでした」

「アハハ！」

次は一ヶ月後でいいらしい。次に行くときは、先生がなぜ英語が堪能なのか聞いてみたい。

## 06/16 金曜日

### 原田とエイミー

「手紙？　エイミーから!?」と原田は手から滑り落ちそうになった水割りのグラスを両手でしっかり持ち直し、大きな声を出した。

「あれ、カオルちゃん。もしかしてというか、やっぱり？」とユキがニヤニヤと笑いながら言った。

「何がやっぱりなんだよ」と原田は答えた。

「もしかしてもしかして、やっぱり？」と、バーに立つママがからかうように言った。

「ひょっとしてカオルちゃん、恵美ちゃんのことが好きになっちゃったんじゃないの？」

「好きになっちゃったんだ～」とママがはやし立てた。

「仕方ないわよ。だってあんなに可愛いんだもん。可愛くて素直で、よく働く本当にいい子。でもゴメン。カオルちゃんでは無理だと思う。全然、ダメだと思う」と、ママが言った。

「うん、カオルちゃんではちょっと無理だと思う。だってバツイチだし、ぱっとしないし。確かに、優しいところもあるけどね」とユキが原田を穏やかな表情で見つめながら言った。

「いいから早く、手紙！」と原田はユキに迫った。ユキはフフフと笑いながら、カウンターの上に置いてあった手帳にゆっくりと手を伸ばし、「どうしようかなあ……」と原田をからかいながらも、手帳に挟んであったエイミーからの白い封筒を原田に手渡した。原田はすぐにその封筒を背広の右ポケットにしまい込んだ。エイミーに渡すはずだった万年筆もそこに入っていた。

原田は大急ぎで「ママ、お勘定」と言った。

「え、帰っちゃうの⁉　まだ飲んでないじゃない」とママは驚いた。

「なにもそんなに急いで帰らなくてもいいじゃん！」とユキが言った。

「一緒に読もうよ、手紙！　なんて書いてあるか、すごく読みたかったの、あたし！」

「なに言ってんだよ。俺は帰る！」　そう言うと原田は、ママから差し出された四千円と書かれた伝票を見て、「たかっ！」と叫んだ。「手紙の保管代金込みです」とユキが言った。「こんな美人二人と飲めたんだから安いものよ」とママが言った。原田は財布から五千円を出してカウンターに置くと、「それじゃ！」と言って、勢いよくカサブランカを出た。

そして駅近くのコンビニまで急いで移動し、看板下の明るい場所に立って呼吸を整え、エイミーからの封筒をゆっくりと開けた。

先生
今までやさしくしてくれて、ありがとう。
急に帰ることになり、お別れができませんでした。
私の連絡先を置いていきます。
またいつか、会えますように。
エイミー

読み終わった瞬間、原田は「ああああ！」と大声を出し、ガッツポーズをした。

「またいつか、会えますように！　またいつか、会えますように！」

原田はガッツポーズを繰り出しながら、大声でそう叫んでいた。「ヨシ！　いいぞ！」と言いながら、原田はコンビニの入り口付近をグルグルと歩き回った。そして最後にヨシ！　と両腕でガッツポーズを決めると、駅まで早足で歩いて行った。右手には白い封筒が握られていた。

そんな原田を見ていたコンビニの店員が「なにあの人。気持ち悪い」と言った。もう一人の店員が「ヤバい人っすね」と言った。

## 06/17 土曜日

土曜日は朝早くから仕事をするのが好き。とても捗るから。しかし、仕事が捗るには条件があって、部屋が片づいていることが重要。だから、早く起きて、部屋を片づけ、クーラーをビシッと効かせて部屋のなかを最高に快適な状態にして、モニタに向かう。じわじわと訳しはじめる。

しかし……

今日訳している『LAST CALL』は本気で手強い。ニューヨーク、酒、ジャズ、ピアノ、連続殺人事件。物語としては最高にスリリングなんだけど、それだけに難しい。切ない。描写が緻密。今回も地図とにらめっこしながら、次々と変わる場面とマンハッタンを移動する男たちを想像しながら訳した。犠牲者の来歴を読むと胸が痛む。あと残り二章まで来た。著者がこれだけ細かい描写にこだわった理由が少しだけわかってきた。無残にも殺害された犠牲者に対する追悼なのではないか。彼が書くまで、犠牲者たちは遠い昔に死んでしまった人でしかなかった。少なくとも今の私は、彼らの人生を知っている。彼らの顔も知っている。最期も知っている。

ぶっ通しで数時間作業し、息子たちが起きてきたので一日作業を止めた。休憩してから『The Real-Life Murder Clubs』に着手。

## 06/18 日曜日

私が連続殺人鬼についていろいろと調べるようになったのは、実はアイリーン・ウォーノスがきっかけだと思う。彼女が出演している『AILEEN: LIFE AND DEATH OF A SERIAL KILLER』を観たのだ。2003年製作だから相当前の話になるが、彼女の境遇があまりにも厳しいもので、知れば知るほど、まったく違う環境で育てられていたとしたら、彼女がアメリカで死刑にされた10人目の女性にはならなかったのではと考え、そこからいろいろと調べはじめた。

彼女について書かれた本は何冊かある（ほぼすべて読んでいると思う）。今でも頻繁に話題になる死刑囚のひとりと言ってもいい。世界的に有名になるきっかけは間違いなく、映画『モンスター』だろう。アイリーンを演じたシャーリーズ・セロンの演技がどれだけ完璧だったかは、アイリーンのインタビューをまとめたドキュメンタリーを観ればわかる。アイリーンの死刑執行前日に撮影された映像にはとんでもない迫力がある。結局今日も、『AILEEN: LIFE AND DEATH OF A SERIAL KILLER』を少しだけ観てしまった。

## 06/19 月曜日

Jamin Puech（ジャマン・ピュエッシュ）の小物が好き過ぎる。バッグ全体にビーズが縫い付けられていて（ひとつひとつ、手作業らしい）、モチーフがロブスターだったりブロッコリーだったり、鳥だったりと、はちゃめちゃだ。おばちゃんが持ったら最も危険なタイプのバッグであり、若いキラキラの女性が持ったとき初めて最大の効果を発揮すると理解しているので、私はキーホルダーなどの小物を購入することで我慢している。

それにしても、鳥が二羽、立体的に刺繍されたバッグのかわいいこと。娘がいたら娘に……と、血迷って考えたが（そしてそんな母親の気持ちを娘は否定しがち）、娘はいないので、鳥のキーホルダーを買うことで購買欲を満たした。正直なことを書くと、鳥のキーホルダーは二個目だ。次のシーズンで再び動物系のキーホルダーが出たとしたら、とても危険だ。きっと買いまくるに違いない。

今月は本当にどうでもいいような小物をたくさん買い集めている。しかし、娘がいたら、大変だっただろうな……。自分の十代を思い出してぞっとする。あんな娘が私にいたとしたら、怖すぎて夜も眠れない。

## 06/20 火曜日

息子たちが同級生と琵琶湖でバーベキューをやると突然言い出した。どうも、仲間の一人の就職祝いらしい。楽しそうな写真や動画を送って来たが、親としては一抹の不安が……。なぜかというと、琵琶湖岸ではここ数年で、バーベキューに厳しいルールが設定されはじめている。ゴミを捨てる人、火の不始末をする人が多くなってきたからだ。琵琶湖の西側もじわじわと観光地化しはじめている。

火の始末はどうするのか、ゴミは片づけるつもりがあるのか、肉はどうやって調達したのか（これも気になった）、一体何人の友人たちが集まっているのかなどなど、聞きたいことは山ほどあったが、何も聞かずに帰りを待っていた。すると笑顔の二人（双子）が山ほどのゴミを抱えて戻って来た。よかった、ちゃんとゴミを回収したんだと安心した。

「火はどうしたの？」と聞くと、バーベキューセットを持ってきた子がちゃんと片づけたということだった。「よかったら、これからはうちの庭でやってもいいよ」と声をかけたら、「湖でやるからいいんじゃないか。庭でやって何が楽しいんだ」という返事が帰って来た。

まあ、私が子どもだったとして、母がそんなことを言おうものなら、「は？　夕日を見るのが目的ってわからない？」など、クソほど憎たらしいことを言うはずなので、うちの息子たちはまだ優しいなあと考えた。

## 06/21 水曜日

義母と歯医者に行く日なのだが、朝から雲行きが怪しかった。朝イチに不安そうな義母から電話がかかり、「今日は歯医者さんらしいけど、もう新しい歯が生えてきていますので、行く必要がありません」と言われる。義母は宇宙人なのだろうか。

「お義母さん、新しい歯は生えてきていませんので、今日は行きます。私、午後に、どうしてもやらなくちゃいけない仕事があるから、さっと行って、さっと帰ってきたいんです。とにかく準備をしておいてください」と、ちょっと強めに言って、電話を切った。

車をぶっ飛ばして実家に行くと、義母が玄関先に立って待っていた。言いたいことがあるときの義母はいつもこうだ。パジャマ姿なのに、ばっちりメイクしている。口紅が燃えるような赤。決意の赤。意気込みの赤。その口紅を使って、チークを入れたのだろう、顔がとんでもないことになっている。狩りの時期か？

私の話を聞こうともせず、「とにかく行きません」の一点張り。午後に締め切りがあるために焦りに焦っていたが、ここで強く言っても逆効果なのはわかっていたので、あの手この手で説得する。一番効果があったのは「お義母さん、歯が抜けたままだとブサイクですよ」のひとこと。切り札の「ブサイク」である。

歯医者から戻り、ヨレヨレになりながらも原稿を書き、午後に京都新聞入稿。夕方から翻訳。ああ疲れる。でも、しっかりと翻訳ができた日は、疲れたとしても納得して眠ることができる。

## 06/22 木曜日

新潮社Webマガジン『考える人』連載の「村井さんちの生活」、更新。「村井さんちの生活」は、書きはじめてそろそろ6年ぐらいになるのだろうか。最も長く続いている連載だと思うし、私の連載のなかでは最もアクセス数が多いのだと思う。まあ、なにもかも(ある程度)あけすけに書いているというのと、義父の湿度の高い性格が人気になっているということで、ありがたいことだと思います。

しかし、お待たせしてしまっている連載がいくつかあって、担当編集者のアイコンをツイッターなどで見かけると、ひぃっとなる。そして画面のこちら側から、「もう少し待ってください、本当に申し訳ありません」と両手を合わせたりしている。

## 06/23 金曜日

太田出版『射精責任』の念校出す。いやはや、この一冊は発売前からよく炎上していて、発売後がどうなることやら。とっても楽しみだ。タイトルから衝撃的な内容を想像する人が多いと思うが、私からすると、事実をただ淡々と、データに基づき書いている本で、高校生に読んでもらいたい内容なのだ。それから私たち大人世代にとって、若い世代に渡したくないバトンは、渡さないようにするという仕事があると思う。

わ〜念校が終わったぞ〜と思っていたら、亜紀書房ジャングル編集者内藤さんから「例の一冊の進捗を教えてください」と連絡入る。なんという鋭い勘だ。ひとつ終わったら、次。そして、その次。仕事は終わらない。

## 06/24 土曜日

草刈りをしたいのに、雨続きでなかなか作業ができない。私の草刈機はマキタ製で充電池方式で、かなり手軽に、そのうえ静かに作業ができるのだが、雨が降ってはどうにもならない。草が最も刈りやすいコンディションは、草が乾いている晴れた日なのだ。

以前、義父がまだ元気な頃の話なのだが、なにかと粘着質の義父が夏になると突然草刈機を担いでやってきて、うちの庭の雑草を刈りまくるということが度々……いや、50回ぐらいあった。私はこの義父の行為（or 好意？）が何より嫌いだった。というのも、私が仕事をしていると突然やってきては、爆音で草を刈るのだ。なんの許可もなしに。それも、作業がいい加減なので、ところどころ草が長かったりする。家の外壁に刃で傷をつける。義父の草刈機はとてもうるさいガソリン式だから、余計に腹が立つ。そして何より腹が立つのは、義父は刈った草を片づけない。刈りっぱなしでそのまま帰っていく。こうなるとテロではないだろうか。

私はそんな義父のやり方に嫌気が差して、大枚叩いてマキタの最高級機種の充電式草刈機を買い、一分の隙もなく草を刈り込み、丁寧に片づけ、庭をゴルフ場のようにすることに執念を燃やすようになった。ゴルフ場のようになった庭を見た義父は驚愕し、それを私がやったと聞くと、二度と草刈りには来なくなった。『まんが日本昔ばなし』に出てきてもいいような話だと思うが、どうか。

今となっては草刈りが私の趣味だ。残念ながら今日は草刈りができなかったので、とりあえず草刈機のメンテナンスをした。

## 06/25 日曜日

今日も雨。湿度が高い。先日買ったMorusという小型乾燥機がとても気に入っているので、今日はゆっくり洗濯でもするかと、朝からMorusを回した。いいね！

## 06/26 月曜日

髪をカット。コロナ禍以降、初めてマスクを取った美容師さんが若かりし頃の華原朋美さんにそっくりで驚いた。本当にそっくりなのだ。

「朋ちゃんに似てるって言われませんか?」と聞いたが、すぐには朋ちゃんが誰なのかわからなかった若い美容師さん。

「ああ、ダイエットの人ですね!」

これがジェネレーションギャップというものなのかと考えていたら、うっかり口から「ヒューヒュー」と(発作的に)出そうになり、これが中年ダジャレ症候群の初期症状なのではとドキリとした。この美容師さんとは、コロナ禍からの付き合いだが、若いのに本当に話がうまい。というか、聞き上手だ。

「それで、お義母さん自体は怖くないんですかねえ?」

「怖いと思うよ。だってさ〜、毎晩、知らない男性が家の中をうろうろしてるのが見えるんだもんねえ」

「うわー、それきついなー」

レビー小体型認知症の義母の幻視について、美容師さんはとても興味があるようで、行く度に聞かれるようになった。私も、義母の見ているものについて興味があって、彼女にいろいろと話をしている。

「でも、そんなお義母さんに付き合っているお義父さんが一番大変そうですよねえ」

「確かにね。それでもデイサービスに行かせたくないっていうんだから仕方ないよ。いくら言っても、「わしが面倒みる」って聞かないんだもん」

「うわ〜、やだな〜。そんな年になってもダンナに縛られるの、絶対にイヤやわ〜」

「私もイヤやわ〜！　デイサービスも行きたくないけどさあ〜」

「それな〜!!!」

## 06/27 火曜日

朝から張り切って翻訳をしたものの……今日はあまり調子がよくない。私以外の翻訳家の方がどのようにスランプと闘っているのかはわからないが、私の場合、調子が悪く、ストレスが溜まってくると、たった一行が苦痛でたまらなくなる。その苦痛をなんとか乗り越えながら、徐々に体を慣らすことができれば、いわゆるランナーズハイの状態まで辿りつくのだが、そこまでが本当に長い。そして、そういうときに限って、自分の仕事以外の用事に時間を奪われることが多くなる。

翻訳がどうも調子が悪いので、ずいぶん前から書きためている文章に手を加えた。私はGoogleドキュメントとスケジュール帳にかなりの文字数を溜め込んでいる。そこからアイデアを拾ってエッセイを書くこともある。

## 06/28 水曜日

ジャングル編集者内藤さんと話をする。ハリーの連載が途中で止まってしまっていることが本当に心苦しくて、それをお詫びする。なぜ止まってしまったかというと、理由はシンプルで、この一年、本当にいろいろとあってしんどくて、100パーセント明るい文章が書けなくなってしまったのだ。

ハリーは相変わらずかわいいし、でかいぬいぐるみみたいで最高なんだけれど、その様子を書く私が、そのかわいさ、尊さを上手く表現できなくなってしまっていた。で・も・ね……。そろそろ復活するよ。

## 06/29 木曜日

是非出席して下さいと言って頂き（たぶん、全員にそう言っているのだとは思うが）茶話会に出席した。何度も案内を頂き、一度も行っていないので申し訳ないという気持ちもあった。だから、行った。午後に原稿の締め切りがあったのだが、それでも行った。もうこうなると義理というか、いつもの感謝を込めてみたいな状況だったわけだ（企画して下さったのはスーパー素敵な人たちだからね）。

私はこの「茶話会」というものがこの世で最も嫌いだ。「茶話会（さわかい）」という名称すら嫌いだ。なぜ嫌いなのかというと、シンプルに面白くないから。それから出席者がほぼ100パーセント女性なのもハードルが高い。お茶飲んで、話して、何がおもろいかわからん。なぜ、茶を飲む？　知らない人と⁇　なぜ菓子を食う？　意味わからん。

だから、今まで完全に避けてきたのだが、今回は無理して出席して、感情が爆発しそうになって途中退席した（爆発してるやん）。「すいません、帰ります」と部屋を出たが、別に誰も何も言わなかった。あたし一人が抜けたって、なんの支障もないわけです。わがままです。わかっています。

悩みや感情を誰かに吐き出すなんて、よほど仲のいい友達としかできないと思っている。それに私はその部分を文章でやってる。しかし茶話会は、知らない人に感情を押しつける行為じゃないのか？　意味不明にしんどい。だから、もう出ない。誰も悪くない。私の性格が悪い。

帰りにドミノピザでLサイズのピザを二枚買った（息子たちへのお土産）。そして家に辿りついて、茶話会のことを考えてイラッときて、ちょっと泣きながら本読みした。つらい。

## 06/30 金曜日

原田とエイミー

結局、原田がエイミーに連絡をとることはなかった。

ユキから手紙を受け取った夜、大急ぎで自宅に戻った原田は、ポケットからエイミーに渡すはずだった万年筆と彼女からの手紙を出すと、ダイニングテーブルに置いて、それをじっと見つめていた。「またいつか、会えますように。」エイミーが書いた文字を何度も見ながら、原田はうれしくてたまらなかった。そんな喜びと同時に、もう一度彼女に会えたとして、それから？ という気持ちがわいてきた。会えたとして、それからどうしたらいい？ 彼女は一体、どうしたいというんだ？ 社交辞令に決まってる。いや、もしかしたらからかわれているのかもしれない。ガッツポーズで喜んだ原田はもうどこにもいなかった。

俺がアメリカに行けるわけでもないし、彼女が次に日本に来るのがいつなのかもわからない。もし彼女が再び東京にやってきて、親父さんの店を手伝いはじめたとしても、それが永遠に続くわけはない。彼女はアメリカ人なのだから、ゆくゆくはアメリカに戻るのだ。そしたら、俺はまた傷ついた心を抱えて、この狭いマンションで一人、酒を飲むのか。

それだったら……俺の心が潰れてしまう前に、エイミーのことは忘れたほうがいい。原田はそう思った。

ほんの数週間の、俺にとってはラッキーな日々だった。退屈な日常を、ひととき忘れることができた。学生時代に結婚した元妻と離婚した痛手を引きずっていた俺が、あれだけ元気になったんだから、この日々は無駄じゃなかったはずだ。

それに、カサブランカのママもユキも、俺には無理だって言ってたじゃないか。そりゃそうだよ、俺には無理だ。原田はエイミーのために買った万年筆と、彼女からの手紙をデスクの引き出しの奥にしまいこんだ。そして、冷蔵庫から缶チューハイを取り出して、一気に飲んだ。原田が万年筆とエイミーからの手紙を再び見ることはなかった。

季節は移り変わり、あっという間に一年が過ぎた。原田は以前と同じく予備校講師として働き、週に最低でも一度は親父さんの店に立ち寄り、飲み足りない日はカサブランカにも行っていた。親父さんの店は相変わらず繁盛していたが、親父さんの口数が減ったことが原田には気になっていた。エイミーの様子を聞こうかと何度か考えたが、忙しそうにしている親父さんを邪魔しないようにと我慢した。

カサブランカのユキは、時折エイミーとメールを交換しているようで、「恵美ちゃんの近況、一杯おごってくれたら教えてあげる〜」と、からかいながら原田に言うときがあった。「結構です」と原田は断るものの、ユキは無理矢理、エイミーから送られてくる写真を原田に見せることがあった。

「ほら見て、恵美ちゃん、ほんっとかわいい！」

写真に写るエイミーは、もう彼女のことは忘れたはずの原田の心を激しく揺さぶるのに十分なほど、眩しく、美しかった。

2023年

# 7

# 月

# 07/01 土曜日

## 原田とエイミー

「カオルちゃん、落ちついて聞いてよ」とケータイの向こうのユキは言った。

「親父さんが倒れたの。いま、お母さんが病院に行ってるんだけど、かなり危険な状態らしい。九州に弟がいるみたいなんだけど、もう何十年も音信不通だって。あとは娘さんだけど……まったく連絡先がわからないらしい。それから恵美ちゃんなんだけどさ、恵美ちゃん、いま、大学の友達とスペインに行ってて、全然メールの返事が来なくって！　このままだと、あたしたちだけで親父さんを見送ることになっちゃうよ！　どうしよう⁉」

原田はユキの話を聞きながらも実感がわかなかった。確かに、ここ数ヶ月の親父さんの様子はおかしかった。疲れが溜まっているようにも見えたが、年齢を考えれば仕方がないようにも思えた。しかし不思議だったのは、いつもは何かと原田に話しかけてくれる親父さんが、原田が立ち寄ってもあまり笑顔を見せず、いつも厨房の隅に置いた丸椅子に腰掛けていることだった。常連客たちも気を遣って、あまり多くを注文しなくなった。もしかしたら体調が悪いのではないか……そう考えていたのは原田だけではなかったはずだ。今さら悔やんでも遅いが、何かできることがあったのではないかと原田は後悔した。

「とにかく、何かあったらすぐに連絡するから！　じゃあね！」とユキは言った。結局、ユキから再度連絡があったのはこの日の三日後のことで、治療の甲斐なく、親父さんが亡くなったという知らせだった。遠方に住む弟とようやく連絡を取ることができ、すぐに東京まで駆けつけるとのことだった。

「あたしとお母さんも、弟さんに協力することにしたの。だって、私、親父さんには娘みたいに可愛がってもらって、お母さんだって、ずっと親父さんに応援してもらっていたんだもん。とにかく、葬儀の日程が決まったら連絡するから、カオルちゃんも絶対に来てよ。それから、他の常連さんたちにも連絡して。おねがい！」最後は涙声になっていたユキだった。


親父さんの葬儀が開かれたのはそれから二日後のことで、店から数駅離れた街のこぢんまりとしたセレモニーホールだった。カサブランカのママが以前、身寄りのない客の葬式をしたことがあって、「良心的なのよ」と言っていた場所だった。原田はユキに言われた通りの時間にセレモニーホールに向かい、親父さんと最後の別れをした。涙がこぼれそうになるのを悟られないように、原田はうつむき加減で親父さんの亡骸の前から立ち去った。カサブランカのママとユキは、年老いた親父さんの弟の代わりに、親父さんのささやかな葬儀の全てを取りしきっていた。原田は少し遠くからユキに軽く挨拶した。ママは泣きはらした目を隠そうともせず、親父さんに別れを告げようと訪れる人たちに挨拶をしていた。

原田はひとり、セレモニーホールを後にした。親父さんとの付き合いは、十年以上だった。ここ一年ほどは、親父さんの孫娘のエイミーにすっかり惚れてしまい、なんだか恥ずかしくて、店から足が遠のいたことが心残りだった。親父さん、情けない男でごめん。そう原田は心のなかで繰り返した。

いたたまれない気持ちを引きずるようにして、ポケットに両手を突っ込み、駅までの道を急いでいた原田だったが、ふと、小さな書店の前で足を止めた。もう俺にはカサブランカ以外、行ける店がなくなったんだなと原田は寂しくなった。今夜は一人で親父さんに献杯。小説でも買って帰って独りの時間を過ごそう。そもそも原田は熱心な読書家で、だからこそ、脚本家を目指すと語ったエイミーに惹かれたのだ。

原田は、入り口の自動ドアの向こうに見える書店内の様子を窺った。若いアルバイトの男性が、きびきびと働いていた。そんな姿を見つつ、ゆっくりと店内に入ろうとした。自動ドアが大きな音をたてて勢いよく開いた瞬間、原田の左腕を、誰かが後ろからそっと引っ張った。

原田はぎょっとして振り返った。そこにいたのは、黒いシンプルなワンピースを着た、エイミーその人だった。原田は思わず大きな声を出した。「えッ⁉　なんで⁉」　するとエイミーは「先生、なぜ連絡してくれなかったの？」と言い、少しだけ微笑んだ。

## 07/02 日曜日

自分でもうんざりするほど料理が嫌いになってしまった。あれだけ好きだったのに。理由は（ちょっとこれは書くのをためらうのだが日記だから書いてしまえ）、息子の好き嫌いの激しさだ。まったく手をつけない、あるいは完全に残す、いつの間にかコンビニに行っておにぎりを買って食べているという姿を見すぎてしまって、もう何も作る気になれなくなった。自分のなかに、どうにも消化しきれない気持ちがある。好き嫌いの多い息子が悪いわけはないのだが、同じように育てて、双子の一人はなんでも喜んで食べ、もう一人は多くを拒絶する（ように思える）。これが大変堪える。

ということで、夫にも料理をしてもらうことにしたのだが、初めて作ったビーフシチューの調理過程があまりにも（夫にとっては）困難で、途中、体力がなくなり寝落ちしていた。調理の作業が大変過ぎて寝落ちしてしまうので料理ができない人を、初めて見た。爆笑した。しかし、それだけ手の込んだ料理は大変なのだというのが本人には理解できたようで、「これからは作ってくれと軽く頼まない」と言っていた。

「料理、嫌になったんだよね」と夫に言うと、「(息子が)社会に出ていろいろな人と出会う過程で、好き嫌いもきっと緩和される」と言っていた。

## 07/03 月曜日

眠気がなかなか抜けず、一日ぼんやり。新しく処方された眠剤が合っていないのだと思う。効き方はすごくいいのだが(つまり、めちゃ眠くなる)、翌日に持ち越すのが困ったことだ。半量に調節しようと思う。頭がぼんやりしていても、ゆっくりであれば夕食の準備をする元気はあった。

そういえば死んだ兄は料理が得意だった。楽しげに料理する人だった。その理由はたぶん、誰かを喜ばせることが単純に好きだったからではないかと思う。兄の元妻の加奈子ちゃんが、「そういえばあの人、週末になると家族のために料理してくれてたな〜。上手なんだよね〜」と、言っていた。兄が亡くなったアパートにも調理器具が山ほどあって、兄がそれを買い集めた様子を想像して、人生を立て直そうとした中年男の後ろ姿のようなものが見えた気がした。プラスチックのざるひとつをとっても、そこに兄の気持ちや息づかいが残っているようで、切なかった。料理だけではなく人生まるごと嫌になりかけた一日であった。暗すぎるだろ。

## 07/04 火曜日

集英社の8000ワード（「実母と義母」）を大急ぎで書いた。書く前は「今月もやってきました、この日が！」的なプレッシャーを感じるものの、何度か書いたら慣れてきた。慣れとは素晴らしいものだと思う。小学生のときなんて、原稿用紙たった一枚が、永遠に続く急な階段みたいに苦しくて、書いても書いても終わらなかったのに、天国のお母さん、あたし、今は20枚書けるようになりました！

そんなこんなで今月も入稿することができた。書籍化は10月。これはとても楽しみだ。なんだか恐ろしいぐらい、実母と義母のことを詳しく書いちゃったからね。

## 07/05 水曜日

亜紀書房『LAST CALL』がとても大変。長い！　全体のページ数の30パーセントがなんと資料だ!!　うわーーーーん。それでも毎日じわじわと訳して、ようやく最終章の手前になった。いやはや、人名も多いし地名も多いし、ザ・ノンフィクションという感じで、好きな人は好きなジャンルなのではないだろうか。

私？　もちろん大好き！　とにかく、仕上げをして、一刻も早くジャングル編集者の亜紀書房内藤さんにお渡しせねばならない。信じられる？　もう7月だよ？　7月中には、もう一冊控えているんだよ？　がんばって、私！

## 07/06 木曜日

21日発売の『射精責任』の取材やら、フェアのコメント出しでバタバタしている。8月、9月はイベントが多く、今から「体力がもつだろうか」と考えたりしている。体力というか、実のところ、メンタルが問題なのだ。普段、山奥に隠遁しているので、動物よりも人間との交流が疲れるということになってしまっている自分。人間が嫌いなのではない。大好きな人たちがたくさんいるのだが、イベントという嵐が過ぎ去ったあとの、心の荒廃っぷりがすごい。本当にすごい。

それを今から想像して、気をしっかり持って！　と自分自身に言い聞かせている。そもそも私は、人の前に出るのが苦手なのだ。

## 07/07 金曜日

ようやく一週間が終わる。フリーランスでずっと家にいるくせに、金曜になると「これでようやく家でゆっくりできる」みたいな気持ちになるのはなぜか。今週末は静かに過ごしたいと思いつつも、翻訳原稿の仕上げは確実にやらねばと少し気が重くなる。こういう日は、早く寝てしまうに限る。すべてをシャットダウンするしかない日もある。さよなら、現実。

## 07/08 土曜日

亜紀書房の『LAST CALL』はエピローグに到達。このエピローグがとてもいい。すごくエモーショナルな文章を書く著者だなと思う。朝から感動してしまった。

午後になってようやく草刈りだ。庭の雑草が前代未聞な感じで伸びてしまっており、わが家だけ荒れ果てて見えるので（ご近所さんは庭を大変きれいにしている方ばかり）、今日は張り切って草刈りの準備を整えたものの……死ぬほど暑いではないか。30分でギブアップした。べつに庭に草が生えていても、誰かが死ぬわけではない。主婦の私の評判が死ぬというだけだ。

## 07/09 日曜日

夫の実家の和室が大変な湿気で（今が梅雨だという理由以上に湿度が高く、これは建物自体に何かが起きているのだと思うのだが）、なんと壁にカビが生えてしまった。大問題である。

義母が気に入っていた部屋なのにカビが生えてしまったら気の毒だ。これはなんとかしなくちゃな……と考えていたら、夫が私の横で義父と義母に「僕の家にある除湿器持ってくるわ」と言った。

「僕の家にある除湿器？」と思った。まさか夫は私が買った、めちゃ高性能の除湿器のことを、私が愛用している除湿器のことを、大量の本を湿度から守るために常時運転している、あの私の愛用機種のことを言ってるのかと思って、「まさかそんなことがあるわけがない」と思ったのだが、そのまさかだった。「うちにすごいパワフルなやつがあるからさ。あれ、持ってくるわ！」とさらりと言っていた。

自宅に戻って夫に「あれ、私の除湿器の話じゃないよね？」と聞いてみた。夫は何かを察知したようで、「ち、ち、違うよ、俺が新しく買って持っていく」と言うので、「そりゃ親孝行だね。ご両親も喜ぶと思いますよ」と言った。

## 07/10 月曜日

義母のデイサービスから電話。「最近、ぼんやりと過ごされることが増えました」ということだった。義母のとても良いところは明るいところなのだが、最近は椅子に座って前を見て、じっとしているらしい。デイにいることすら理解できていないのかもしれない。ケアマネさんは、今の彼女の状態であれば、デイにいても自宅にいてもあまり差はないので、できれば連日、あるいは一日おきにデイに行き、お風呂に入ったり、リハビリをしたりしたほうがいいと言う。それは私も当然、そう思う。しかしどれだけ説得しても、義父は「デイには週に二日以上行かせない」の一点張りなのだ。理由は「わしが寂しいから」。なんなんだろう、義父はウォンバットかなにかなんだろうか？　前世がウォンバットなの？　どういうこと？

## 07/11 火曜日

デイサービスから電話。義母が足にぐるぐるに包帯を巻いているので、お風呂のときに包帯を外したそうだ。すると、今度は足の指に何重にもテープが巻かれていて、なんだかすごい状態になっているので、看護師さんがそれも外してみたそうだ。

「白癬（はくせん）だと思います。病院に行かれたほうがいいです」

昔の義母ならあり得ないことだが、今の彼女は自力で入浴ができない。だから、こういうことになってしまう。デイに通う日数を増やして、デイで入浴してもらうのがベストなのだ。本人が嫌がってないのだから、私としては是非毎日通って欲しい、昼まででもいいのだからと思うのだが、それにウォンバットが立ち塞がるのだった。

義父は「デイでうつされたんや！」とキラキラした目で言いだした。義母を送り届けてくれたデイの職員さんに怒ったらしい。

「やっぱり入浴はさせない」と鼻息も荒く言う義父。それを聞いた夫が激怒し、なんだかもう、えらいことになっていた。ここで誰が一番可哀想なのかは明白で、私たちができる最善のことは、義母を皮膚科に連れて行くことである。

## 07/12 水曜日

息子の同級生のお母さんと話をした。彼女も義理の両親の介護をしているらしい。家のこともあるしとても大変なのだけれど（そこのお宅も双子男児なのだ！）、なんとかやってるんよ、でもね……と、声のトーンを思い切り落として、眉間にグランドキャニオンみたいなしわを寄せた彼女が私に語った話がめちゃくちゃにわかりみだった。わかりみ本線日本海が久々に出たわ。

「この前さ、ロクに介護の手伝いもしないうちの夫がさ、デイサービスに提出する書類の緊急連絡先に、私の携帯番号を書いたんよ。さも、当然のように。あーし、完全にキレたわ。その場で『あんた、逆の立場だったら同じことするんか？　うちの母が認知症になって特養に入るってなったとき、あんた、自分の携帯の番号を緊急連絡先に書いてくれるんか⁉』って詰め寄ったんよね」

「そしたらなんて言った？」

「俺は仕事だから無理って言ったわ。あたしだってフルタイムで仕事しとるちゅうねん」

「ふぅん……どこも同じだねえ……」

## 07/13 木曜日

一ヶ月ぶり、いつものクリニックへ。普段は電車を乗り継いでにおの浜まで行くのだが(たまには電車もいいだろうと思って)、あまりに暑いので車で行った。拍子抜けするほど楽だった。これからは車で行こうと思う。久しぶりに会った医師は私をじっと見て、「さて……」と言った。さてと言われても……と考えつつ、「元気です」と答える。

「何か不安に感じることはありますか？」

「そうですねえ……数年間断酒したんですが、最近、暑くなってきてビールの宣伝とか見ると、今までは全然気にならなかったのに、飲みたいと思うようになってきましたね。病気がきっかけでお酒の量をかなり減らしたので、スリップでもしたら嫌だなあって

「また病気になって断酒ってわけにもいかないしねえ？」

そりゃそうやろ。次は一ヶ月後。

## 07/14 金曜日

一週間があっという間に過ぎてしまう。仕事が徐々にプレッシャーになってきた。締め切りも遅れがちになり、メールも見落としがちになるものの、なぜかインターネットショッピングは大いに捗っており、このあたりのバランスをきちんと取らないとダメだと思う。

しかし不思議と、書けないとか、訳せないとか、そういうことではなくて、頭の中は大いに忙しい。睡眠中に夢を見ながら書いてしまう。眠りにつくときにも書いてしまう。理由は、かなり前から書きためている文章があり、それに手をつけたいのだけれど、まずは目の前にある翻訳が終わってからだよと自分をセーブしているからだ。とにかく、すべてを年内にきっちりと納品できるように、じわじわと前進し続けるしかない。

えー、もう年末を意識しなくちゃいけないの〜？　今年も早そうだな〜！

## 07/15 土曜日

原田の左手を強引に握ったエイミーは、「先生、もう帰ろうよ」と言い、書店に立ち寄ろうとしていた原田を駅の方向に引っ張って行った。

「帰ろうって言ったって、親父さんにお別れはしたの？」

「おじいちゃんとは、もう何度も話をしたから。亡くなる前だって、その前だって、私とおじいちゃんはいつも何でも話し合っていたから。もう私のなかではお別れが済んでいるんで。先生が来るのを待っていたんです、ずっと」

「でも、親戚の人とか、来てただろ？　いいの、帰ってしまって」

「じゃあ、先生はあの場にずっといたいんですか？　いて何になるの？　カサブランカのママがちゃんとやってくれてたから、いいじゃない。知らないの？　あの二人、ずっと夫婦みたいなもんだったんだから」

そうエイミーに強く言われると、原田は彼女に従うしかなかった。確かに、カサブランカのママと親父さんの関係がそのようなものだとは薄々気づいていたが、はっきりと聞いたことはなかった。確かに、ママに任せていればすべて円滑に済むだろうとは思うけれど……。

「駅前のビジネスホテルに泊まってたんです。ちょっと荷物取ってくるので、先生、待ってて下さい」

そう言ってエイミーは原田の左手を離さず、力強く引っ張っていった。原田は引っ張られるままエイミーについていき、言われるまま彼女をビジネスホテルの前で待ち、ホテルから出てきたエイミーから彼女のバックパックを受け取って、自分が背負って、駅まで歩いた。もちろん、エイミーと手を繋ぎながら。黒いワンピースを着たエイミーは、葬式帰りとは思えないほど笑顔を見せていた。その笑顔が原田の心を掴んで離さなかった。喪服姿でバックパックを背負った男と、輝くような笑顔で歩く美しい女の姿は、周囲にどう映るだろうと原田は思った。自分の左手にエイミーの柔らかい手を感じながら、これから先、何が起きるのか原田は想像もつかなかった。

「どこに行くつもり？」と原田は用心深く聞いた。

「困ったことがあったら原田先生に聞けって、おじいちゃんが言ってたし。彼は大丈夫だって。先生のところでお世話になっていいですか？」

原田は言葉を失ってしまった。言葉を失った原田の左手を、再びエイミーが強めに引っ張った。

「先生、帰ろう！　難しいことなんて考える必要、ある？」

結局エイミーは、原田のマンションにバックパックひとつで住み着いた。原田は、突然アパートにやってきた、一年以上も想いを寄せていたその人と、それからしばらくの間二人暮らしをすることになる。

## 07/16 日曜日

次男、部活（剣道）があるんだけど、あまりにも暑いから車で送ってくれないかと言うので、いいよと答えて送ってあげた。学校駐車場に車を停めていたら、顧問の先生に見つかって「やあやあ、お母さん、今日は昼に流し素麺やるから、遊んでいきなさいよ」と言われ（ちなみに、この貫禄十分の先生は私より年下だ。嘘みたいだけど）、断ることもできずに「あ、はい……」なんて感じで体育館に行く。体育館はクーラーがほどよい感じにかかっていて、心地よい。

体育館二階の放送室のような部屋に冷蔵庫やキッチンがあり、大きな窓が開け放たれていて、そこから見事に夏空が見えていた。本当に見事。こんな風景、小学生の頃に見て以来かもしれないと思う。抜けるような青い空、白い入道雲と、深緑の山々。他にも生徒のお母さんが来ており、なんだかんだと話をして、子どもたちに対する軽い文句を互いに言いつつ、笑い、山のように素麺を茹でた。面白いお母さんだったので話が弾んでしまった。先生が竹を真っ二つに割り、持ってきていて、体育館のスロープの手すりに設置して、ホースの水で素麺を流した。高校生が楽しそうに食べていた。ソーセージまで流れていた。なんでもありやね。高校生だから、なんでもできる。ルールなんてどうでもいいって感じで、まさに「夏」だった。

私は何をするにしても、過剰に気を遣ってしまい、それが一周回って意味不明になることが多いのだが、今回出会ったお母さんは、何でもかんでもぐいぐいと勢いよく進めて、それでヨシの雰囲気があって、とてもうらやましかった。私も、何かと自信を持って取り組みたい。気を回しすぎて逆に迷惑というシチュエーションを避けたい。

## 07/17 月曜日

昨日の流し素麺の楽しい一日から一転、メンタルが劇的に落ちる。これだから中年は困る……。振り幅を意識したい。楽しいことがあると、次に落ちるのは更年期あるあるなのだろうか。ただ、落ちたと言っても嫌な気持ちではなく、センチメンタルな感じなんだ。青空とか、楽しそうな高校生の姿に、心のなかの何かが刺激を受けるのだと思う。

小学生の頃の、夏休みの風景が今も脳裏にこびりつくように残っている。自室の窓から見た真っ青な空。潮風、白い波、焼け付くような砂浜。兄と一緒に行ったプールと、でこぼこのアスファルト。懐かしいなあという気持ちを、「痛み」として感じる日がある。年を取れば取るほど顕著になってくる。今日はやはりメンタルが落ちている。

## 07/18 火曜日

今日は朝から二本の原稿を入稿するという荒技をやってしまって、午前中に完全に燃え尽きてしまう。

## 07/19 水曜日

長男が暇そうにしているので、「ちょっと買い物手伝ってくれない?」と声をかけたら、「ええよ」と明るく協力してくれた。彼は大人しいが非常に力が強いので、すごく助かる。

「俺もなんか買っていい?」と聞いてくるので、なんでも好きなもの買いなよと言ったら、じゃがりこをひとつ手にして、思い直したように二つカゴに入れた。そして「あいつの分も買っていいよね?」と聞く。ちゃんと弟の分も忘れずに買うのが長男のいいところだ。「もっといっぱい買ってもいいよ」と言うと、次はグミを二袋買っていた。なんだろう、長男のこの控え目な性格は。次男だったら、こういうケースでは「ひゃっほう!!!」と叫び、カゴ一杯になるまで様々なものを買いまくるはずなのだ。まあ、二人とも、私の子にしてはいい子に育ってくれた。

## 07/20 木曜日

長男、次男、友達で夕方に散歩に行くと出ていった。こういうとき、散歩というのは最終的に確実に湖水浴に辿りつく。歩いていて、そのまま水に入ってしまうというわけだ。少年なので仕方がない。

しかし、今日は少し勝手が違ったようで、浜辺を歩いていたら、女性に声をかけられたという。ビビリ上がった少年たちだったが、よくよく話を聞いてみると、車が砂浜にタイヤを取られて動けなくなっている。

「少し押してくれない？」と言われ、三人でよいしょよいしょと押して、車は無事に脱出、女性は「ありがとうね〜」という言葉とともに少年らに1000円をくれたらしい。舞い上がった少年らは「うひょ〜!!!」と叫びながら水に飛び込んだ。飛び込んで、思い切り泳いだ。ぎゃははと笑いながら、よかったなあ、人助けができたやん、ワイ〜！などと、笑い倒していた三人。しかし、ここで事件が。

次男がiPhoneを水没させていた。ポケットに入れたまま、泳ぎまくっていたらしい。家に戻ってきて、なにやらもぞもぞ言い出したのでおかしいなと思ったのだ。私の目を見ようとしない次男のiPhoneを確認すると、まったく起動しない状態だった。完全なるアウト状態だった。近所にある修理屋さんに持って行くと、これは中の基盤も交換しないとダメですねということだったので、諦めた。新しいiPhoneは、一旦私が購入して、コンビニでアルバイトをしている息子に分割で支払ってもらうことにした。「ママぁ、ありがとう〜」と言っていた。いろいろ言いたいことはあったが、人助けができたのだからいいことにしようと、すべて飲み込んだ。

## 07/21 金曜日

『射精責任』がとうとう発売。担当編集者、太田出版藤澤さんによると、もう倉庫には在庫がないということだった。たぶん、すぐに重版がかかるんだろう。翻訳本のわりには初版も多かったし、タイトルはセンセーショナルではあるけれども真面目な本なので、売れて欲しい。

「『射精責任』の原書（Ejaculate Responsibly: A Whole New Way to Think About Abortion）をはじめて手にしたとき、どう思いました？」とよく聞かれるようになったんだけど、翻訳者としての本音を言うと、比較的薄い本なので、咄嗟に作業量を考えて「ラッキーな一冊かも」と思った。タイトルも内容も斬新だったので、これはますますいいんじゃないの？楽しい仕事になるだろうなと思った。

私みたいに、普段、厚い本ばかり訳していると、ときどき神様からのプレゼントみたいにページ数の少ない本の翻訳を依頼されることがあって、そんなときは単純に作業量が普段よりも少ないことを予想してうれしくなる。しかし、本書の場合、若干の炎上を伴ってこの世に爆誕したこともあり、ハラハラしながら、その滑り出しを見守っている感がある。

## 07/22 土曜日

夫がこの日記を読んでいることが判明し、そのうえ、内容にダメだしされるという辛いことになった。身近な人に読まれているのは、本当に書きにくい。ただただ、脳内にあることを書いているだけなので（だって日記だもん）、正直、やる気を削がれてしまう。読んでも黙っていてくれるといいんだけど、そうはいかないのか。こういう微妙なラインを、家族という存在は決して理解しない。私の両親もそうだったし、兄もそうだった。今の家族もたぶんそうだ。それだから家族はややこしい。このひとことで説明がつく。

## 07/23 日曜日

暑すぎる。この暑さは殺人的だ。ということで、朝から殺人鬼の本を訳す。亜紀書房『LAST CALL』はニューヨークのピアノバーを舞台とした連続殺人鬼ノンフィクションだが、ノンフィクションのなかでもかなり丁寧に、時系列にそって事実を並べていく、こつこつタイプの一冊だ（作家がこつこつしてるんだけどね）。パズルゲームに大いにはまっている私からすると、パズルと同じようなテンションで、じわじわ、少しずつ訳していき、最終的に巨大パズルができあがるのを楽しみに作業がすすんでいる。かなり長い時間がかかったけれど、ようやく本文は終了した。いやはや、本当に大変だったけれど、今回も素晴らしい一冊だった。特にエピローグがドラマチックでよかったな……。エピローグの最後で声が出たのは初めての経験かも。

夕方、双子の同級生のヒロがひょっこりやってきた。とても大人しい男の子で、会えばニコニコ笑うような、私からすればとてもかわいい、素直な高校生だ。最近、双子とヒロの三人でランニングに行くようになり、今日も三人で涼しい時間に走っていた。いつまで続くやら。続かなくても、それが青春だから、それでいいんやでなどと思う。無事に成長してくれていて、うれしい限り。みんなが幸せになりますように。

## 07/24 月曜日

8月に次男の剣道の全国大会で東京に行くのだが、顧問の先生とのやりとりがＬＩＮＥで行われ、それが次男にも共有されているために、「文章が長くて読みにくい」「何言いたいのかわからん」「団体行動ができない人なんやな」などなど言われ、最高につらい。

確かに、私は団体行動が苦手で、できる限り逃げたいのだが、それが冷静に考えてみれば、本当に明らかにわかるような文章を私はＬＩＮＥ上で展開しており（それも長い）、本当につらい、どうしよう、先生、怒ってるかな……と次男に相談したら、「ネット上であれだけ叩かれてるのに、おじさん一人が怖いんか！」と言われてしまった。

## 07/25 火曜日

井上尚弥VSフルトン。夫が出張でいなかったため、息子二人とハリーと観戦。ギャーギャー騒いで近所から苦情が来てしまうレベルで楽しんだ。私はやはりボクシングが好きだ。

## 07/26 水曜日

サービス担当者会議。介護に関わってくれている人たちが義理の両親宅に大集合して、この先一年の介護計画について話し合いが行われた。

ケアマネさんがデイサービス担当者に話を聞いているときのことだった。襖がすーっと開いたと思ったら、そこにいたのは正座して、真面目な表情をしている義母。なんだか見慣れたシチュエーション。

義母は、実家で料理屋をしていた頃のことを思い出し、私たちが客だと思って接客しているようだった。お盆にミカンを載せて、「失礼致します」と静かに入って来て、お盆をテーブルに置くと、すっと立って床の間に行き、掛け軸の説明をしはじめた（内容は覚えていない。もう500回ぐらい聞いたことがあるのだが、どうしても忘れてしまう）。

私たちを料理屋の客と思っている義母は丁寧にいろいろと説明すると、「失礼します」と出ていった。ケアマネさんもデイの職員さんも慣れたもので、義母が出ていった瞬間から、会議は再スタート。しばらくしてからケアマネさんが「それにしても、本当に普通にしていらっしゃるから、認知症だなんてわからないですよね」と言っていた。確かにそうだ。義母の姿を見て、認知症だと気づく人は少ないと思う。

デイの人が義母の体重をグラフにしているらしく、最近ぐっと体重が減ってきているのを心配していた。内臓には問題がないことはわかっているので、「たぶん、フレイルのような状況だと思います」ということだった。もっと家から出て、体を動かし、しっかり食べなくてはいけない。今月から、デイサービスに行く回数を増やしてもらうことにした。

義父の説得は私がした。義母の体重減少を強調すると、義父もわかっていたようで、すぐ

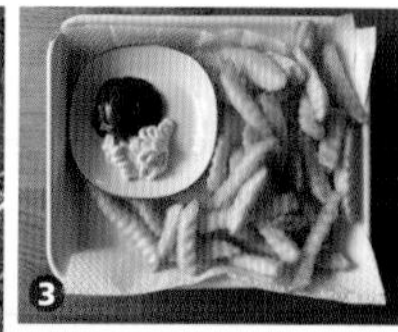

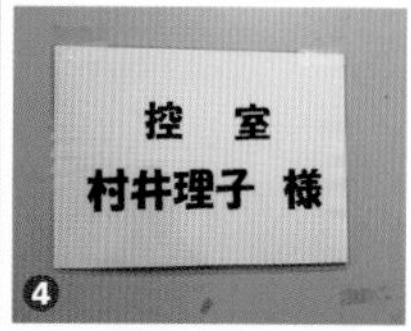

**1.** トーストを狙っているハリー ／ **2.** 草刈り後の庭 ／ **3.** 冷凍ポテト、長男のお気に入り ／ **4.** 大津市の図書館主催トークショー
**5.** 夫が着てるTシャツ ／ **6.** 滋賀の小学校で配布されるノート ／ **7** 武道館遠征
**8.** 切羽詰まってる日の夕食 ／ **9.** びわ湖しか勝たん!! ／ **10.** 東京で宿泊したホテル

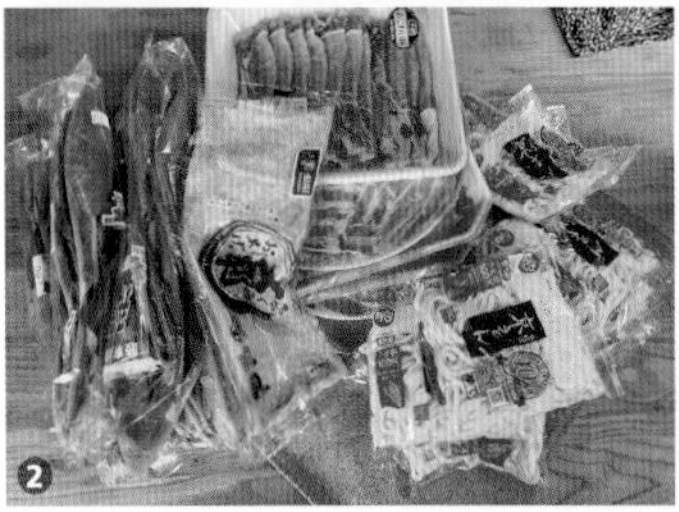

**1.** このままでは使えないエアコン ／ **2.** うどんすき ／ **3.** 滋賀の夏
**4.** 翻訳中のモニターは横置き。原文とつきあわせるときは視線の移動が疲れるので、近づけるため縦置きにする
**5.** すき家のおいしいドリンク ／ **6.** ハリーの暇つぶし ／ **7.** 食べ物は必ずチェック ／ **8.** 京都駅ではこれ一択

に納得してくれた。ついでとばかりに「おせち料理はどうする？」と聞いてきたので、目眩がした。あの人のこだわりは意味がわからない。

## 07/27 木曜日

剣道部の練習からヨレヨレ状態で戻ってきた次男が塩ラーメンを作ってくれと言うので作っていた。それも二袋、同時。

「かあさん、ラーメン、いつできるんや⁉」

「それはラーメンに聞いて下さい」

「おいラーメン、いつできるんや⁉」

……

「ラーメンから答えがないんやけど⁉」

「それはラーメンにもわからんということやね」

「ワハハハハハ!!!」

## 07/28 金曜日

『LAST CALL』脱稿！　……と言いたいところだが、本文だけね。それでも、一区切りついた。あとは巻末の資料を訳すだけなのだが、この資料が全体ページ数の3割を占めるというスーパー資料！

この著者は本当に誠実な人だと思うし、ノンフィクションはこれじゃなきゃとも思う。7月後半はあまりにも忙しく、めまぐるしかった。8月の東京遠征が思いやられる。8月だけではなく、9月もイベントが多い。たぶんまた、メンタルが落ちる。どうにかならないものなのか。次のクリニックの予約はいつだっただろう。なんとか乗り切りたいものだ。

## 07/29 土曜日

もう7月も終わりである。一年も半分過ぎてしまった。一年が過ぎて行くのがあまりにも早い。こうやって、どんどん年を取っていくのかと思うと、うんざりしてくる。先月は誕生日だったが、誕生日を迎えたばかりだというのに、次の誕生日が、もうすぐ後ろに迫っているように感じられるのは、人生をすでに折り返しているからなのだろう。下り坂なのだ。追い立てられているようだ。この下り坂をどう過ごすのが正解なのか、ちょっと真剣に考えなくてはいけないなどなど、考えている。たぶん、また徐々にメンタルが落ちつつある。

## 07/30 日曜日

日曜日。本来だったら休む日だと思うのだけれど、息子たちがずっと家にいるので（夏休みだからね）、なんとなく忙しい気持ちになる。少しぐらい出かけてくれてもいいのだが、彼らはクーラーの効いた居心地のよい自室から出て行こうとはしない。iPad や iPhone があれば、時間はいくらでも潰すことができる。

ということで、暇そうにしているどちらかに声をかけて、買い物を手伝ってもらうようになった。わが家はエンゲル係数が口に出して言えないほど高いが、その主な原因となっている息子たちに、実際にどれだけ購入しているのか見せてみようと思ったのだ。

結果、次々にカゴに食べ物を放り込まれ、いつもより大量に購入してしまうことになった。それでも、荷物をすべて持ってくれるし、二階にある冷蔵庫の前まで運んでくれるので、力のある男子は助かる。おこづかいは、買い物に一度付き合うごとに1000円。

## 07/31 月曜日

庭の雑草が素晴らしく伸びている。灼熱の太陽光に焼き尽くされてしまえと思うのだが、ますますしぶとく生えてくる。息子たちに草刈り、やってくれない？　バイト代はずむよと頼んだが、こんな暑さのなかで作業したら死んでまう、それだけは嫌だと断られ、あんたら稲穂か？　と言いたくなるほど伸びきった雑草を眺め、ため息をついている。

# 2023年

# 8

# 月

## 08/01 火曜日

ハリーを動物病院に連れて行った。ノミ・ダニの薬をもらうためだ。ついでに体重を量ってみたら、なんと52キロになっていた。人間かよと言いたくなる重さだ。おっかしいなあ、最近ずっとダイエットしているのに……と、わざとらしいことを獣医師に訴えてみたが、「太ったということは、やはりカロリーオーバーなんですよ」とさらりと返され、心のなかで、それは大変申し訳ないことですとつぶやいた。

実はハリーは数年前に大病をして、その経過観察もしなければならず、動物病院には頻繁に連れて行っている。ハリーはいつでも、どこでも人気者だ。大きな体に穏やかな性格。誰もがハリーを見ると目を輝かせ、近づいてくる（特に動物病院なんて動物好きしかいないから）。

「大きいわねえ」「大人しいわねえ」「筋肉すごいっすね」などなど、うれしい言葉を飼い主がかけられている間、ハリーは耳を下げて尻尾を振っている。丸い目がアザラシみたいだ。ハリーほどの名犬はあまりいない。そういえばハリーに世界デビューのお話がやってきたが、まだ詳細は書けない。

## 08/02 水曜日

朝からニコラ・ストウの『The Real-Life Murder Clubs』の翻訳（大和書房）。ウェブ探偵、素人探偵、インターネット刑事（デカ）などなど、様々な呼び方はあるが、つまり警察関係者ではない人々がインターネットを駆使して未解決事件に挑むという活動（?）がアメリカでは盛んで、実際に、難事件を次々と解決している。日本にもこういった集団はいるのだろうか。以前から気になっている（ノンフィクションライターの高橋ユキさんにその雰囲気はある）。

有名な事件で例をあげれば、「黄金州の殺人鬼」だろう。70〜80年代、アメリカを震撼させた連続殺人鬼で、何十人もの人々が無残にも殺害されたが（正確な人数はわかっていない）、犯人逮捕には至っていなかった。警察が無能だったからだ。この事件を執拗に追っていたのが、ミシェル・マクナマラというノンフィクション作家で、なんと10年以上の歳月をかけて証拠を精査し、名前の割り出しまであと少し……というところまで迫っていた。

彼女の功績がなければ、すでに70歳を超え、結婚し、孫までいた真犯人ジョセフ・ジェイムズ・ディアンジェロ（元警官）の逮捕（２０１８年）はなかったと、私は個人的に思っている（警察は認めていないし、インターネット探偵の一部も否定している）。しかし彼女は、それだけ追いかけていた真犯人逮捕を目撃することなく、オーバードーズでこの世を去っている。ニーチェの「深淵をのぞく時、深淵もまたこちらをのぞいているのだ」を思い起こさせる。彼女に関してはドキュメンタリー番組も制作されている（U-NEXTで配信中の『ゴールデン・ステート・キラーを追え／I'll Be Gone in the Dark』）。

話を元に戻すが、ウェブ探偵の集団には様々なジャンルの専門家が多く参加している。血痕（それも飛び散ったもの）の専門家、筆跡鑑定の専門家、銃の専門家、その他いろいろな特殊能力というか高度な技術を持った集団が、無償で、未解決事件の謎に取り組んでいる。はっきり言って、警察よりも優秀ではないかと思う。そんな集団でも、いまだにはっきりと解明できないのがジョンベネ事件だというのが、すごい。いや、正確に言えば、ほぼ解明できている。ジョンベネ事件に関しては語りたいことが山ほどあるが（6歳のフルメイク、母親と父親への強烈なバッシング、身代金要求の手紙のなぞ）、文字数がとんでもないことになるので、またいつか。

## 08/03 木曜日

本日も、ニコラ・ストウの『The Real-Life Murder Clubs』の翻訳（大和書房）。今日、翻訳しながら調べ物をしていて、とある男性のことを思い出した。Google Maps を使ってどんな場所でも特定してしまうトレバー・レインボルトのことだ。

彼のＳＮＳは大変な人気だが、フォロワーが「これは子どもの頃の僕と母が写った写真ですが、どこで撮影されたかわかりますか？　母が亡くなってしまい、今となっては調べる方法がありません」と一枚の写真をアップロードすると、トレバーは、Google Maps を駆使してほんの数分でその場所を割り出してしまう。びっくりするほどの能力なんだが、彼がその特殊能力を培ったきっかけはオンラインゲームの『GeoGuessr』だったらしい。あー、Google のストリートビューから場所を割り出すゲーム！　と、私も少しだけ記憶にあった。ランダムに表示されるストリートビューが、なんだか世界旅行をしているような気分にさせてくれるゲームなんだよね。

それで、なぜ思い出したかというと、彼のこの能力があったらＦＢＩなどに捜査協力をして大金を稼ぐことができるのではないか⁉　と、翻訳作業をしていて、突然思ったから。

いいなあ、いいなあ、特殊能力！　私にもそんな能力があればなぁ。

## 08/04 金曜日

息子たちが明日から東京に行くので（次男が所属する剣道部が日本武道館で試合をする。私と双子の兄は観戦。私は二日目に合流）、今日はその支度に明け暮れた。久々に三人で出かけ、まずはユニクロでシャツやショートパンツ、スーパーの日用品売り場で下着類などなどを購入。宿泊するのが国立オリンピック記念青少年総合センターで、バス・トイレが共同のうえにアメニティがないという情報を得たため、息子たちが悲鳴をあげ、シャンプーやらデオドラントやらも次々購入。

こういった荷物にプラスして、着替え（東京二泊三日の旅に耐えられる枚数）やタオルを大型のバックパックに詰め込んだ。そして、最も重要な、剣道の防具と竹刀と剣道着2セット。びっくりするほど大量の荷物ができあがったのだが、実は東京への移動は青春18きっぷを利用するということで、事前に東京に送ることにした。

三人で、大量の荷物を持ってヤマト運輸へ。送料で5000円。

## 08/05 土曜日

双子が顧問の先生と、四人の部員たちとともに、青春18きっぷで東京に行ってしまった（新幹線の移動でもよかったということだが、部員の一人が青春18きっぷで行ってみたいと提案したそうだ）。守山駅まで二人を送って行ったが、なんとなくしんみりしてしまった。私は明日、合同練習が行われるという都内の高校で青年たちと落ち合うことになっている。

## 08/06 日曜日

朝9時頃の新幹線に乗って、東京へ。めちゃくちゃ天気がよかった。最近東京に行く機会が増えた。いつ来ても東京はいいなと思う。あまりにも暑くて、合同練習が行われるという高校近くのドトールにピットイン。涼しくなったので、日傘を差して目的地へ。すぐに息子たちと会えて、うれしかった。練習後は自由時間となったので、私は双子とB君と四人で日本橋高島屋へ。B君は双子の幼なじみだ。高校へ進学してから剣道は辞めてしまったが、中学のときは双子弟と同じ剣道部に所属していた。弟が日本武道館に行くと伝えると、「それじゃあ、俺もお前の試合を見に武道館まで行くわ」と言い、本当に東京まで来ていたのだ。びっくりしちゃうよね。

お母さんによると、「ホテルも自分で予約してん！　びっくりやろ、ほんまに成長したわ〜」ということだった。双子とB君はそれぞれ彼女とか妹にお土産を買っていた。他の部員は秋葉原のメイドカフェへ。オムライスに「死ね」とケチャップで書いてもらい、ご機嫌で集合場所に戻ってきた子がいて、めちゃくちゃ面白かった。

それにしても、高校生の青春が眩しい。

## 08/07 月曜日

日本武道館。8時に開場ということで、7時半に到着。顧問の先生（めちゃ明るいキャラ&私より年下）と、なんだかんだと話をしつつ、双子、B君、部員たちの写真を撮影する。他の学校の剣士たちも次々と集まってきた……というか、めちゃくちゃ人が多い！

日本武道館内部に入ると、気持ちよく冷房が効いていた。B君、顧問の先生、双子兄とともに観覧席に落ちつく。私は武道館のなかを探索したくて、うろうろしていたが、B君と顧問はなにごとか話しあっているように見えた。ジュースを買って戻ると、二人の会話がなんとなく聞こえてきた。

「幼なじみとはいえ、東京まで試合を見に来るなんて、君の心のなかにまだ剣道が残っているんとちゃうか？」

「うーん……どうでしょうねえ」


午前中の個人戦が終わり、午後の団体戦前に、武道館横の「レストラン武道」へ。するとB君が「僕、コンビニに行って来ます」と言う。え、なんで？　と聞くと、ちょっとお金を節約しなくちゃならないんでということだったので、「おばちゃんがおごったるわ！」と、すぐさま言ったのだが、B君は首を振る。

それはダメです、コンビニ行きますと頑なに言うので、「あのね、私はあなたのお母さんに、この何百倍も世話になってるの。いいから好きな物を食べなさい」と言って、B君は、何度も頭を下げながらカツカレーを食べた。

食べるとすぐに、「団体戦、はじまっちゃうと大変だから、僕は中に戻ります。何か動きがあったらＬＩＮＥします」と言って、だれよりも先に店を出た。どうしたらこんな好青年に育つのだろう。ちょっと泣いた。

08/08 火曜日

東京から滋賀に戻って、ダウン。完全ノックアウト。感情の波に耐えられない。高校生たちの青春を目撃して、もうお腹いっぱい。感動した。

08/09 水曜日

ようやく復活。焦って原稿チェック。一週間遅れている。

08/10 木曜日

東京の余韻続く。とにかく、部屋を掃除する。淡々と掃除していくと、徐々に体力が戻る。急いでニコラ・ストウの『The Real-Life Murder Clubs』の翻訳を進める。疲れていても、とにかく作業を開始すれば、調子は戻ってくる。急げ、急げ。

## 08/11 金曜日

### 原田とエイミー

親父さんの葬儀から三日後、カサブランカのユキから原田に連絡が入った。

「親戚の人に聞いたんだけど、エイミーがいつの間にかホテルをチェックアウトして、どこに行ったかわからないんだって。ケータイに連絡入れても、全然出ないらしいよ。東京にはいるだろうけど、どこに行っちゃったのかさっぱりわかんない。私にも連絡ないし、お母さんにも連絡してこないらしいし……まさかだけど、カオルちゃんのところに連絡は来てないよね？」

「……今、俺んちにいるよ」

「へ？　誰が？」

「……彼女が」

「え？」

「いやだから、エイミーが」

「はぁ⁉」と、大声で言ったユキは、そのまましばらく沈黙し、低い声でこう続けた。

「ねえ、わかってる？　あの子はいつか帰るんだよ、アメリカに。ずっとそのままで暮らせるわけじゃないんだよ？　アンタ、まだわかんないの？　アンタのそういう中途半端に優しいところが嫌で前の奥さんだって出ていったわけでしょ？　アンタもいい年した大人だから私がとやかく言うつもりないけど、傷つくのは、確実に、アンタだからね！」

ユキは突然、ブツリと通話を切った。原田はケータイを耳に当てたまま、真横で眠るエイミーの背中と緩やかに波打つ長い髪を見ていた。確実に、アンタだからねと強調するようにユキは言った。そんなこと、わかっているつもりだと原田は少し腹を立てた。

エイミーは大きなバックパックひとつで原田のマンションにやって来ると、そのまま住み着いていた。原田は突然の同居人に戸惑いはしたが、侘しい一人暮らしのマンションが、一気に華やかになったことがうれしかった。二人は一緒に買い物に行き、料理し、夜中まで語り合った。エイミーは何度も、「私がいたら迷惑？　邪魔？」と原田に聞いた。原田はそのたびに、「そんなことないよ」と答えていた。

「そんなわけないよ」

仕事からエイミーの待つ部屋に真っ直ぐ戻ると、エイミーは満面の笑みで原田を迎えてくれた。よくしゃべり、笑うエイミーに、原田は強く惹かれていった。エイミーと過ごす時間が重なれば重なるほど、彼女への気持ちが強くなり、原田は身動きが取れなくなっているのを感じていた。馴染みの店にも行かず、ただただ、エイミーとの時間を最優先にして、原田は夢のような日々を送っていた。この日々を一生失いたくないとまで思うようになった。

ある日エイミーは「もう帰りたくない」と原田に言った。

「帰らなくていい。一生ここにいればいい」と原田は答えた。するとエイミーは、原田に強く抱きつき、小さな声で「そうできたらいいのに」と言った。

## 08/12 土曜日

### 原田とエイミー

原田の部屋のベランダから東京の夜空を眺めていると、アメリカに残してきた全てを捨てていいと思える。母との関係に嫌気が差し、祖父を頼り、20年ぶりに戻った東京で、ようやく自分を取り戻すことができた。アメリカで常に感じていた息苦しさから解放されたような気がした。そんなときに出会ったのが原田だった。

原田はカウンターの隅に座り、静かに飲んでいた。会話したことは数回しかなかったけれど、誠実そうな人柄は伝わってきた。他の客は何かと私について知りたがるし、なぜアメリカからやってきてこんな場末の小さな居酒屋でアルバイトをしているのかと興味津々だったが、原田はそんなことを一度も私に聞かなかった。他の客のように酔っ払って私にしつこくすることも、一切なかった。だからこそ、原田のことが気になった。

誕生日、祖父が早めに店を閉めてお祝いをしようと言ってくれたあの日、ふらりと原田が店に現れた瞬間のことは、一生忘れることはないだろう。私は、とてもうれしかったのだ。私の気持ちに気づいていた祖父は、さりげなく原田に声をかけてくれた。私は彼と並んでカウンターに座り、夜中まで語り合った。あの日からずっと、私は原田のことを考え続けている。私は彼のことが好きだ。

アメリカに戻るよう母に強く言われ、やむを得ず日本を離れた。カサブランカのユキに、祈るような気持ちで連絡先を残した。彼からは一度も連絡がなかった。私はそれを彼の答えだと考え、彼を忘れようとしたが、諦めることはできなかった。

今、こうして再び日本に戻り、そして、私は原田と一緒に暮らしている。今まで生きてきて、こんなに幸せだと思ったことはない。原田はいつまでもここにいていいと言ってくれたし、私も、ずっとここで原田と暮らしていたい。

祖父のお葬式の帰りに、半ば強引に来てしまった場所。でも、私にとっては世界のどこよりも安心できて、幸せでいられる場所。私のために買ってくれた万年筆を、再会したときに、恥ずかしそうに手渡してくれた彼と一緒にここで生きていくことが、そこまで難しいことだとは思えない。

## 08/13 日曜日

子ども、夫ともに夏休み。家のなかが、なんだか狭苦しい。夫が家にいると、なんだか窮屈に感じるのはなぜか。定年退職したらどうなるのか、そんなところが一気に不安になる。

最近、マンションのリノベーションサイトばかり見ているのは、なにもマンションでの一人暮らしに憧れているわけではなく、庭にもう一軒、小さめの家を建てたいという夢があるからだ（内装とかキッチンまわりを参考にしている）。今、我々が住んでいる家は手狭で、私「だけ」の部屋がない。仕事はリビングでしているし、今までもそうだったが、コロナ禍以降、夫までリビングで仕事をするようになって、なんて説明すれば正解なのかはわからないが、窮屈だと感じるようになってきた。大変申し訳ないことだ。それなら「もう一軒、自分だけの空間を建ててしまえばいいんじゃないか」と、今住んでいる家のローンも終わってないくせに考える私を、夫は「お兄さんにそっくりの博打打ちなんじゃないか」と言っていた。まあ、そうなのかもしれない。フリーランスの人間の人生なんて、まさに博打じゃないか。

## 08/14 月曜日

故郷にある家屋（すでに亡くなっている祖母の名義）を解体して、更地にして、売却するために、生き残りの者たちががんばっているわけだが、権利関係が複雑で、司法書士、弁護士にいろいろと依頼して、今、なんとか事態は前進しているのだが……弁護士から兄の死亡時の負債額を聞き、やっぱりあの人は普通ではなかったと納得した一日だった。なんて言ったらいいか……ダイナミックな生き方であり、死に方だったな。いいんじゃないですか、彼らしくて。

## 08/15 火曜日

文芸誌『すばる』締め切り。「湖畔のブッククラブ」は海外物ノンフィクションしばりで本を読み、その感想を書くというコーナーなのだが、なんと、私がそのしばりをうっかり忘れて、海外物ではあるがフィクションを読んでしまった。それもスタインベックの『ハツカネズミと人間』を。ほぼ古典ではないか。

重要な約束を忘れるなんて、ダメな俺……とは思ったけれど、『ハツカネズミと人間』は素晴らしい作品だった。あんなにも短い物語のなかに、あれだけのドラマ。傑作を書くために枚数は要らない。思い返すたびに、胸がぎゅっと苦しくなる。感想、すごく難しいわ。

## 08/16 水曜日

昨日『すばる』の締め切りだったものの、間に合わず、今日も朝から必死に書いた。文字数は少なめだが、それだけに難しい。文字数多くて苦しいと書いたり、文字数少なくて難しいと書いたり、私は本当に喧しい人間だなと思う。しかし総じて、書くことは大変なことだ。書くことが大変過ぎて、最近は読む時間が確保できない。もっともっとフィクションを読みたい。

最近の若手の小説家（日本の）、特に女性がすごくないですか⁉ 天才ばっかりじゃない⁇ 読んでいて、わくわくしてくる。早く翻訳を仕上げて、小説をたっぷり買って、涼しい部屋で読み漁りたい。家事も子育てもすべて放棄し、ハリーと一緒に本が読みたい。犬とか動物に囲まれて、読書して暮らしたい。

## 08/17 木曜日

結局、『すばる』の「湖畔のブッククラブ」、本日入稿。フーッ。月刊誌は緊張するねえ。ウェブ連載だと、多少遅れてもなんとか間に合わすことはできるけれど、紙媒体だとそういうわけにもいかないので、ドキドキしながら入稿した。来月こそはノンフィクションを読まねばならない。そして、きちんと締め切りを守るのが私の仕事だ。

## 08/18 金曜日

一ヶ月ぶりのメンタルクリニック。におの浜まで電車で行くか、それとも車で行くか、毎度悩むのだが、今日もあまりの暑さに負けて、車で行った。

クリニック近くの商業施設駐車場に車を停めて、歩いてクリニックへ。待合室のクーラーがぼんやりとした温度設定で、大変暑かった。大変な暑さの日だというのに、待合室は高齢の患者さんでいっぱいの状態。しばらく待っていると名前を呼ばれ、診察室へ。

「どうです？　最近は」

「調子いいです。仕事が忙しくて、ときどき、嫌になりますけど」

「嫌になったとしても、やっているんでしょう？」

「はい、嫌になったとしても一応、作業は進めます」

「それだったら満点ですよ」

「そうでしょうか」

「あなたはそういうことができる人ですよ。意志が強そうだし」

「……うーん……」
「ハハハハ！」
「……フフフ……」

## 08/19 土曜日

長男が新学期用の服が欲しいと言い出したので、二人でショッピングセンターへ。長男は潔癖症なので、一日に何回か着替えるのだが（めんどくさいやつだ）、最近は色だとか素材だとかサイズ感などにもいちいちこだわるため、選ぶのに時間がかかる。もうさ、お金あげるから自分で行ってくれない？　と、何度も頼むのだが、「母さんもたまには来てよ」と言われ、ため息をつきながら付き合うのだった。

いや、ため息つかずに付き合ってやればいいのにね。絶対に将来、後悔すると思うんだよね。なぜあのとき、明るく付き合ってあげなかったのかって。かわいいじゃないか、高校生の息子が、一緒に買い物に行こうと誘ってくれるなんてさ。私は一体、何が気に入らないのだろう。

なんだか最近、体も心もとても疲れやすいが、夏バテだろうか。心臓に問題があるわけではないのだけれど。それは毎月のように検査をしているからわかっている。やっぱり更年期だろうか。

## 08/20 日曜日

自分の顔が、年々、母親に似てきていることが地味に私にダメージを与え続けている。インターネット上の記事などで、自分の顔を見るのが死ぬほど嫌だ。母親に似てきていることの何が嫌なのか、説明するのは簡単ではないのだが、自分の顔にふと重なる、若かりし日（とはいえ、50代だけど）の彼女の顔が、彼女の苦悩を私に思い起こさせるトリガーのようになっている。だからもう、本当に嫌。昔から（記憶にある限り、小学生の頃から）写真は大嫌いだが、最近はその大嫌いに拍車がかかった。

ときどき、トークショーのあとなどで写真をお願いしますと頼まれることがあるのだが、本当に申し訳ないけど、辛すぎるのでそんなことを頼まないで欲しい。いや、OKするけど。死にそうな心でOKしてます。みんなはどうなんだろう。人生の一部を切り取られて見せられる苦悩って、ない？　あたしはすごくある（偏屈じゃん、ただの）。

## 08/21 月曜日

ニコラ・ストウの『The Real-Life Murder Clubs』(大和書房)を淡々と訳している。いまちょうど、黄金州の殺人鬼についての章を訳していて、久々にジョセフ・ジェイムズ・ディアンジェロの動画などを見直している(資料として)。

逮捕された直後に法廷に姿を現したディアンジェロは、車椅子に座った弱々しい老人で、この人が100人近い人間を襲ったなんて到底想像できないと思ったものだが、法廷に現れる前日、独房でがっつり筋トレしている姿が動画に残っていて、やっぱりサイコパスは油断ならんと考えた。

生存している被害者女性が、ディアンジェロの目の前で彼に対して意見を述べる場面があった。ディアンジェロはぼんやりと前方を見つめるだけだったが、もうすでに60歳を超えた敬虔なクリスチャンでもある被害者女性は、真っ直ぐディアンジェロを見つめ、rot in hell(地獄で朽ち果てろ)と言っていた。力強い言葉だった。go to hell(地獄に行け)ではなくて、行くのは当然で、そのうえ、朽ち果てろというんだから、人生を狂わされた怒りの強さが伝わってくる。

黄金州の殺人鬼については、いろいろな資料を読んだが、ポール・ホールズ捜査官の行ったＤＮＡ鑑定がすごかったね。GEDmatch（家系図作成サイト。ちなみに私も登録している）に黄金州の殺人鬼のＤＮＡを登録し、遠い親戚を探し出して、最終的にディアンジェロに辿りついた。ディアンジェロ宅のゴミ箱からティッシュを持ち出し、ＤＮＡ抽出後、黄金州の殺人鬼のＤＮＡと比較して、見事マッチしたというわけだ。

ポール・ホールズには面白い話があって、ディアンジェロとわかった直後、どうしても興味があって、ディアンジェロの家の前まで一人で行ってみたポールだったのだが、途中で「やっぱり怖い。殺られる」って思って警察署に戻ったということ。バリバリ現役の捜査官でも、ディアンジェロの凶暴さの前には為す術なく、狼狽えるということだ。あんなお爺ちゃんであったとしてもね。犯行の一部始終を知っていたら、当然そう思うだろう。そりゃ怖いわ。

## 08/22 火曜日

本日も、ニコラ・ストウの『The Real-Life Murder Clubs』（大和書房）翻訳。どんどん進んできた。訳しやすい。すでに知っている事件を追っている内容であるという理由もあるけれど、やはり書き方がうまいのだろうと思う。

英文でも、明らかに訳しやすいものと、訳しにくいものがある。日本語でも、この作家さんは自分に合っている、逆に、ちょっと読むのに時間がかかるという得手不得手があるように、英語でも当然、あると思う。私は、いくつも入れ子になったような英文がすごく苦手で（というか、誰もがそうだと思うが）、その書き方が好きな作家だと訳すのに非常に苦労する。ストウはそのタイプではなく、あくまでインタビュアーに徹しているところがとてもいい。

入れ子地獄のようになっているのが、『母親になって後悔してる』（オルナ・ドーナト、新潮社）の原書『Regretting Motherhood』だ。あれは本当にすごかった。訳者の鹿田昌美さんは見事に訳しておられたが、尊敬しかない。

## 08/23 水曜日

本日も、ニコラ・ストウの『The Real-Life Murder Clubs』（大和書房）翻訳。私は自分の翻訳の能力に対して、一切、自信を持っていない。だから翻訳について聞かれるときは、常に暗い、陰湿な目をしつつ、答えをしぼり出している。どんなところを工夫していますかかとか、今回はどのようなお気持ちで訳しましたかとか、よく聞いて頂く機会があるのだが、そのたびに、なんだか申し訳ないような気持ちになっている。私は自分の訳すものに、常に自信がなく、間違っているのでは、著者の考えた通りに訳すことができていないのではないかとビクビクしている。ただただ、原書に忠実にやっています。それだけなんです、申し訳ありません。

エッセイは、「とにかく書いたれ!!!」である。はぁ、怖い。

## 08/24 木曜日

ニコラ・ストウの『The Real-Life Murder Clubs』(大和書房)翻訳。連日の作業。このモードに入ると、あとはゴールを目指すだけだから、気持ち的には楽だ。内容は得意な殺人物なので、するすると頭のなかに訳文が出てくる。それを指が追いかける。とても調子がいい。

途中、気分転換にTikTokを見る。最近は、あのちゃんとみりちゃむが好きで、作業の合間に爆笑し、そしてさっと気分を変えて、再び翻訳に戻っている。それにしても、あのちゃんと粗品ペア、みりちゃむと錦鯉の渡辺ペアが最高である。息子たちはゲラゲラ笑ったあとに翻訳に戻る私を見て、「よくそんなややこしいことができるね」と言っていた。

## 08/25 金曜日

車を運転していたら、首輪をしてないハスキーが国道を猛然と走っているのが見えた。えええええ！　と驚いて、慌てて場所を見つけて車を停めて、「おーい！」と呼んだら、普通に尻尾を振って近づいてきて、何度も飛びかかって、じゃれてくる。乗るかなあと思いつつ、車のドアを開けて「乗る？」って聞いたら、あっという間に飛び乗った。国道を走り続けていたら、どこかで轢かれていただろうから（それも高速道路に繋がる国道だったし）、よかったなあと思いつつ、そこから車で5分程度の夫の実家に行き、水を飲ませてみた。まったく警戒する様子なし。

警察にでも連れて行こうと思い、車を走らせていると、面倒見のよい町内会会長を見かけたので、一応聞いてみた。すると、「おお、村井さん、久しぶりやなあ」と言いつつ、この犬はどこかで見たことがあるということで、次は老人会会長を連れてきてくれ、面通し。老人会会長も「見たことあるなぁ」。そこに通りかかった第三の老人が「ゲートボール場の横の家の犬じゃ！」と確定的証言をし、早速現場へ。

玄関先の呼び鈴を数度鳴らすも反応なく、仕方なく車中で犬とともに待機。最終的に飼い主と連絡がつき、無事、人懐っこいハスキーは涙目の飼い主の元に戻った。事件解決である。

こんなことをX（旧ツイッター）に書いたら、見知らぬ人に散々絡まれる。村井、被弾慣れしているが、犬を捕獲しても責められる世の中ってなんなの。Xの空気は淀んでおるな。爽やかな空気が流れるSNSの誕生が待たれる。

## 08/26 土曜日

### 原田とエイミー

カサブランカのユキから突然呼び出された。

「ちょっと大事な話があるから寄ってよ」と言われ、原田は久しぶりにカサブランカに立ち寄った。エイミーがバックパック一つで原田のマンションにやってきてから数週間が経過しており、原田も、エイミーも、もしかしたらこのままずっと二人で暮らしていけるのではは、二人の未来に問題なんて一つも起きないのではと、根拠もないというのに、ただただだ、そう信じ込んでいた。そう信じ込むことだけを心のよりどころにして、まるで誰かから身を隠すように静かに、それでも幸せに暮らしていた。

カサブランカのドアを開けると、そこにはママとユキと、そしてもう一人、女性がいた。原田と目が合うと、ゆっくりと頭を下げたその女性は、面影がどことなく親父さんに似ているような気がした。原田も、なんとなく頭を下げた。頭を下げながら、その女性はきっと、エイミーの母親だと思った。

原田は言葉を探すようにしながら、カウンターのスツールに腰をかけた。原田は混乱していた。突然のことに、何を言っていいのかわからなかった。エイミーの母親も原田と同じように、混乱し、言葉を失っているように見えた。

「カオルちゃん、恵美ちゃんがどこにいるか、知ってるよね?」と、ユキは言った。ママはカウンター奥のキッチンに入ってしまって、出てはこなかった。「わかるでしょ? 恵美ちゃんのお母さん。ずっと恵美ちゃんのこと、捜してた。ここから先はお二人でどうぞ」と言い、ユキは「ちょっと買い物行ってくるね」と言い残して、カサブランカを出て行った。

エイミーの母親としばらくのあいだ話をした原田は、「わかりました」と答え、軽く会釈してカサブランカを出た。エイミーの母親は、原田に深々と頭を下げていた。

地下鉄に乗り、マンションの最寄り駅につくと、原田は駅前のスーパーに立ち寄った。自分用のチューハイと、エイミーが好きなコロッケと、翌日の朝のパンと牛乳を買って、マンションまでの道をゆっくりと歩いて戻った。マンションの前からエイミーの待つ部屋のベランダを見上げてみる。いつものように、明かりが灯っている。きっとエイミーは、映画でも観ながら自分の帰りを待っているはずだ。

原田はゆっくりとマンションのエントランスに入っていき、エレベーターのボタンを押した。原田の顔はすっかり青ざめていた。ようやく1階に到着したエレベーターに乗り込み、6階で降りると、廊下を真っ直ぐ歩いて、エイミーの待つ部屋に戻った。

インターフォンを押した。中から、エイミーの明るい声が聞こえてくる。ドアを開けたエイミーは美しい笑顔を見せながら、「おかえり、カオル」と言い、原田の手からスーパーの袋を受け取り、中身を見て、「ありがとう」と言った。エイミーは、なんとなくぼんやりしている原田の右手を引っ張って、「早くごはんにしようよ」と言った。原田はそんなエイミーの顔を見つめながら、「エイミー、話があるんだ。俺たちのことだよ」と答えた。

08/27 日曜日

東京。

いつも、荷物は最小限にしているが、持って行く機器が多いので、ついつい重くなる。機器と書くと大げさだが、iPad mini と iPhone、ヘッドフォン、Apple Watch、それから充電器各種なのだが、これが意外に重いんだよね。しかしこれだけ揃っていれば、新幹線のなかが、最高に楽しい空間になるのだ。

京都から東京なんてあっという間だ。あっという間に行けるし、あっという間に戻ってくることができるのに、毎度疲れてしまうのはどうしてだろう。あの、新幹線の座席が悪いんじゃないかななんて思う。

5年前に心臓手術をして、その後遺症と言える症状がひとつだけある。それは、脚の痛みだ。手術後にほんの数日寝たきりになったことで、筋肉が落ち、その部分が痛むのだ。座るだけではなくて、寝るときも、マットレスに当たる部分が痛む。これが地味に困る。移動は脚の痛みとの闘いだ。それも、いつも左脚の大腿部が痛むのだ。トシか。老人か。本気でつらいのだ、これが。

そんなこんなで、痛い脚を引きずりながらも、B&Bで武田砂鉄さんとイベントだった。砂鉄さんとは初めてのお仕事だったが、とても話しやすい方で、面白かった。さすがの砂鉄さん人気でB&Bは超満員。『射精責任』もめでたく増刷したので、あとは息長く売れてくれればと思う。

## 08/28 月曜日

帰りの新幹線はひかりで。少し時間はかかるが、新幹線内が空いているので気が楽だ。しかし、左脚が痛い。この痛みをどうにかしたいから、EX予約の早割でグリーン車で移動している（かなり安くなる）。普通車の座席だと、痛くて座っていられないのだ。こんなことをして、もうそろそろ数年になる。筋肉をつければいいという話なのだが、なかなかかね……。

人もまばらな夕方の新幹線の車窓からは、明かりの灯ったマンションがたくさん見える。あのなかに、原田とエイミーのマンションがあったりして……なんて思いながら、少し胸が苦しくなる。あるといいな、原田とエイミーのマンション。ベタな幸せだけが詰まったマンションがあったっていいでしょう？　だってこんなに厳しい世の中なんだから。

## 08/29 火曜日

ダウン。疲れて一日中寝る。体力がないというよりも、メンタルだ。なぜ落ちるのか。落ちるというか、摩耗するのだ。これは私だけじゃなくて、多くの人が経験することだと思う（イベントなどに登壇すると）。早く慣れるといいのだけれど。

## 08/30 水曜日

翻訳原稿に戻る。が、しかし、ダウン。体力ではない。メンタルの摩耗が止まらない。頭の中が混乱して原稿を書いている場合ではない。結局、寝ながら一日中 TikTok で動物を見ていた。

## 08/31 木曜日

子どもたち夏休み最終日。疲れがなかなか抜けずに今日もだらだらとしてしまった。午前中ダウン。

大阪からやってくる食材配達のお兄さんに、村井さんはトークショーをやられているんですかと聞かれた。ぎえっと驚いた。どこで情報が漏れているのかわからんなあと思いつつ、不思議な気分になる。どうも、会社の代表の方が、ハリー本を読んで下さっているようだ。ハリーはとにかく人気なのだ。東京でも、ハリーにたっぷりお土産を頂いた。

2023年

# 9

# 月

## 09/01 金曜日

ようやく体調が戻り、朝からニコラ・ストウの『The Real-Life Murder Clubs』（大和書房）。スケジュールから相当遅れてしまっているので、大急ぎでの作業になってしまった。大急ぎとはいえ、間違いのないように注意しなくてはいけない。今日から新学期で家のなかが静かになったので、作業がしやすい。

しかし8月はハードな一ヶ月で、家のなかが荒れ放題だ。二日ぐらいかけて、ほこりやゴミの断捨離をしたいものだ。とにかく、本。本ですよ。山ほどあって、もうどうにもこうにも整理できない。ますます、庭に専用の一軒を、小さくてもいいから建てたくなる。

午後、『射精責任』担当編集者藤澤さん、とうとう琵琶湖にハリーに会いにやってきた。

## 09/02 土曜日

小川たまかさん、藤澤さんとイベント in 梅田。

霜降り明星の粗品のネタに「26年間住んだ大阪、変な街やったのう、ハゲタコ！」というのがあって、「梅田、もっと横断歩道を作れ！　行きたいけど行かれへんとこ多過ぎんねん！　横断歩道足りてないねん、あんなもん！」と彼は言うのだが、ほんまにそうやね。会場は梅田だったが、地下街がダンジョン過ぎて、本当によくわからないわ、梅田。何度行ってもわからないよ、梅田！　ハゲタコ！

それでもなんとか会場ラテラルに到着して、今日は、なんだかすごくリラックスした感じのイベントだった。驚いたのは、「こちらのお酒、あちらの方からです」みたいなシステムがあり、客席から登壇者にお酒が届くことだ！　小川さんは大のハイボール好きらしく、ぐぐっと一杯飲まれてからとてもいい感じに明るくなられて、それを見ていた本当に優しいお客様が、小川さんにもう一杯を頼んでくれた。そんなこんなで、題材としては「責任ある射精について女三人が語る！」だったわけだが、なんだかすごく、いい感じの雰囲気ではじまり、いい感じで終わったのでした。小川さん、素敵な人だったなあ！

**09/03 日曜日**

イベント終了でダウン。一日寝たり起きたりを繰り返した。これもうね、イベント熱と呼ぶことにします。

なにか気持ちも落ちつかないので、午後はゆっくりと料理&掃除。iPad miniでミシェル・オバマのドキュメンタリーを観ながらスープを煮る。

今年のじゃがいもは大きい（というか、アイダホのあたりではこれが基本サイズでは?）。なぜ大きいのか理由は忘れたが、確か、酷暑が影響していたと思う。味は普通、いや、すごく美味しいので、スペアリブと香草と塩をぶっ込んだスープにしている。じゃがいもと肉だけだけど、シンプルだし豪快で美味しい。

先日、スタインベックの『ハツカネズミと人間』について『すばる』の連載「湖畔のブッククラブ」に書いたが、労働者が一日中働いた後に食べるスープみたいで、肉&野菜一種&塩のスープが最近のマイブームだ。スタインベックの『ハツカネズミと人間』、一生忘れられない一冊になった。やるせないのである。

## 09/04 月曜日

夫の父親、つまり義父の通院日。徘徊が始まっている義母を留守番させられないため、二人を連れて総合病院へ。義父がなぜだか高血圧の薬を飲まなくなっており、血圧が高い状態だった。なぜ！　なぜ！　なぜ！

それには彼なりの理由があるのだろうが、私には一切理解できなかった。先生も理解できず、とにかく出された薬は飲みましょうということで終了。次は二ヶ月後。なぜ飲まないのか……考えていたらちょっと愉快になってきた。飲まないのに、通院する必要があるのだろうか。ないじゃん。どうなの？

病院の待合室で、何度も立ち上がって歩いてしまう義母。何かを捜して、何かを求めて、彼女はとにかく進んで行く。トイレに行くんですよ、銀行に行くんですよ、何が悪いんですかと本当に普通の表情で言うものだから、まあ、いいかと歩いてもらっている。建物の外に出たら問題だろうが、病院内を歩き回るぐらい仕方がない。

待合室でママ友にバッタリ。健康診断で貧血でひっかかったらしく、再診だそうだ。や〜だ〜、お互い気をつけようね〜とかなんとか言って、診察室に消える彼女を見送った。こんな会話だけで、すごく嫌だった病院が、楽しい場所になった。ありがとう、ママ友よ。

診察終わり、薬を薬局でピックアップし、義理の両親を家まで送り届け、自宅にもどったら、昼すぎ。体中に広がる、嫌な疲労感。午後は原稿を書かなければならなかったので、朝早く起きてハンバーグを作っておいたのだが、久しぶりに一匹で留守番させたハリーがキッチンをめちゃくちゃにする勢いで飛びついたらしく、全部食べられていた。泣きそうだった。夕食を作り直し、原稿を書き、もう体力もゼロになったところで戻って来た夫が、キッチンを見て、「これだけ汚い状況で平気なのは、精神的に何かおかしい」と言っていた。

おかしいのは私の精神世界ではなく、現実世界のほうです。

## 09/05 火曜日

夫からすると、自分は会社員で働いているから、義理の両親の通院日などを自宅で作業している私が行くのが当たり前というか、（申し訳ないけれども）それでいいと思っているふしがある。しかし不思議なのは、在宅勤務をしている日であっても、自分は「会社員なので」、きっちりと在宅勤務をする必要があり（つまり9時―17時でぴっちり働く必要があるので）、フリーランスの私が仕事を中断して、付き添いに行くのは当然のことだと思っているところだ。

昔、派遣社員をしているときに、派遣社員のことを頑なに「派遣ちゃん」と呼ぶ正社員の女性がいて、その頑ななプライドが怖かった。「派遣ちゃんは居眠りしないで」とも言っていたが、いや、居眠りは社員でもNGだろう。

私は、会社勤めがまるっきりできない人で（集中力がないから）、本当にどうしようもないダメ派遣社員だった。それでも、暮らしていこうと必死だったんだと思う。考えたら辛くなってきた。そしてこの「辛さ」は、多くの人が経験していると思う。できないとわかっていても、苦しみながら、なんとか周りと合わせようと奮闘する時期は、誰にでもある。悲しいことにね。

## 09/06 水曜日

朝からニコラ・ストウの『The Real-Life Murder Clubs』（大和書房）。昨日、担当編集者の鈴木さんに、一部原稿を送ってみた。まだ完成形にはほど遠いが、原書に書いてあることは、ちゃんと訳すことができているはずだ。もう後半に入ってきているので、あともう少し、粘っていこうと思った。仕上げに翻訳に磨きをかけるのが楽しみだ。

ジャングル編集者の内藤さんから、『LAST CALL』（亜紀書房）の初校を、そろそろ戻しますねと連絡があった。わいは忙しいフェーズに入って来ました!!!

『LAST CALL』は少し特殊な一冊だ。NYのクイアだけを狙った連続殺人鬼。ピアノバー、ウイスキー、タバコの煙、そして解体された遺体。残酷なのに、なぜかクール。クールなはずなのに、嫌な汗をかきます。つまり、極上のノンフィクションだ！

## 09/07 木曜日

やばいやばいやばい。原稿が遅れがちになっている。土日なしで作業だ。それにしても、連載と翻訳と単発の原稿をやっていると、一年が飛ぶように過ぎていってしまうね。少し仕事を減らすべきかどうか、悩んでいる。悩んでいると書くあたり、本気で減らそうとは思っていないということがわかります。

## 09/08 金曜日

今日は、大切なミーティングがあった。日記だというのに詳細を書くことができないのだが、来年もがんばって仕事をするぞという気持ちになった一日であった。

うーむ‼　村井理子、今日も反省なし！

## 09/09 土曜日

故郷にある古い家を取り壊すために、いろいろな手続きをしている。弁護士さんから電話があり、死の直前の兄のことをいろいろ聞かれるんだが、さっぱりわからない（特に財政状況など）。わからないので心の底から申し訳ないと思いつつ、兄の元妻（『兄の終い』に登場する加奈子ちゃん）に連絡を入れて、いろいろ聞いている過程で、兄の残した子どもたちがそれぞれ立派に進学していることを知る。

兄は自分の子どもが一人暮らしをしながら大学で学んでいることを知ったら、どう思っただろう。高校を中退したために、苦労し続けた兄は、きっと、泣いて喜んだに違いない。兄だけではない。母も、父も、きっと。私？　もちろん、泣いたわ。

弁護士さんからすると、なぜ私が実の兄のことを知らないのか不思議そうなので、兄とは疎遠だった時期もあり、また突然亡くなったので、よくわからないんですよ、ええ、そうなんですよ。ハイ、その通り、東北で。突然死です、ええ。久しぶりに会ったのが斎場でした、ハイ……。

住んでいたアパートは私が片づけましたよ、元奥さんと一緒にね。ハハハ、珍しいでしょう？　ええ、そういうことです、ハイハイ……こんな会話を展開している。弁護士さんなので、何を言ってもぜーんぜん驚かないし、むしろ楽しそうなのが面白い。

## 09/10 日曜日

ニコラ・ストウの『The Real-Life Murder Clubs』（大和書房）。

とにかく朝から晩までノンストップで訳している。専門用語が次々出てくるので楽しくてしかたないのだが、同時に刑事物のコミックを読みたくなってしまい（あるいは刑事ドラマでもいい）、作業の合間にチラチラと見ている。

刑事物を眺めつつ、ふと出来心で『ザ・ファブル The second contact』に手を出す。面白くてたまらず、何度も読む。ザ・ファブルの何が面白いかって、帯に書かれた文言が面白い。あれでまず、笑ってしまう。そして内容で爆笑してしまう。書店で見つけたら是非チェックしてみてほしい（私はコミックは紙で買う。いつか子どもたちも読めるように）。

忙しいときに限って他のことをしたくなり、ザ・ファブルから、今度は『九条の大罪』を読み返してしまった。明日あたり、『外道の歌』でも読もうかしらんとウキウキしている（こちらは電子で持っています。内容が大変厳しいので）。『少年院ウシジマくん』も最高だ。

09/11 月曜日

果てしなく続く翻訳作業。早朝から原稿を書いている。朝から晩までずーっと訳しているのは久しぶり。そろそろ『LAST CALL』（亜紀書房）の初校が戻るので、気を引き締めてやらないといかん！　と思いつつ、頭のなかが喧しくて眠れないこともあって、訳している途中に頭が真っ白になる瞬間が増えた。フリーズだ。本当に、真っ白になってしまう。両手も、がちっと固まったように動かなくなる。

少し休憩してパズルゲームをやりつつ、作業を続ける。翻訳の合間にパズルゲームをやるのが正解かどうかはわからない。余計ややこしいと思うのだが、不思議と心が安定する。

09/12 火曜日

月刊誌『すばる』締め切り。すらすらと上手に書ける日と、全然書けない日がある。今日は、全然書けない日だった。困る。

## 09/13 水曜日

ニコラ・ストウの『The Real-Life Murder Clubs』（大和書房）をものすごい勢いで仕上げている。インタビュー形式の一冊なので、訳しやすいかと思いきや、とにかく情報量がたっぷりなのでコツコツと進んでいる。

この本の素晴らしいところは、文中に出てくる事件やその概要がドキュメンタリー化されており、今でも視聴可能なところ。新しい楽しみ方だ。これもノンフィクションの醍醐味ではないだろうか。ノンフィクションはつまらないと思われがちなのだけれど、ノンフィクションほど、心の奥のほうにある恐怖を引っ張り出されるジャンルもない。まさに、そこには深い沼があるのだ。

連日翻訳する一方で、書評のご依頼を頂き、めちゃくちゃ難しい本を読んでいる。日本語で読むのも難しいが、これを英語から日本語に訳した翻訳家さんのご苦労をひしひしと感じながら読む。『性差別の医学史　医療はいかに女性たちを見捨ててきたか』（マリーケ・ビッグ著、片桐恵理子訳、双葉社）は、今まで病院とは切っても切れない関係で生きてきた私にとって、サバイブしてきたこれまでの道のりを振り返り、自分が感じていたより平坦なものではなかったのかもしれないと思わせてくれる一冊だった。読みながらヒリヒリした。昔の病院は、ある意味、恐ろしい場所だったと思う。

## 09/14 木曜日

毎月10日前後に送ることになっている、新潮社Webマガジン『考える人』の原稿が遅れてしまっている(連載開始の2016年からずっとこのスケジュール)。

とにかく、8月以降、最高に忙しい。イベントで東京に行くのは楽しいのだけれど、その分、作業は遅れがちになる。ここ数年は、東京でイベントをこなして、通常は自宅で翻訳というのが私のワークスタイルになりつつあり、それは数年前だったら想像もつかなかったことなので、とてもうれしい。この年齢になっても、いくらでも人生は動く。億万長者になったら東京にマンションを買おう、そうしよう。

『考える人』担当編集者の白川さんとは、もう長いお付き合いになる。彼女はハチャメチャに面白い人だ。原稿が遅れながらもツイート(正確にはXeetだったかしら)をしていると、「お待ちしております」とLINEが入る。爆笑してしまうが、すぐに「すいません! 急ぎます!」と返す。そうやって明るく督促してもらうと、ちょっと滞っている原稿がすいっと書けたりするので、不思議よね〜（反省してますごめんなさい）。

## 09/15 金曜日

様々な原稿が遅れているので、焦りに焦っていて、夢の中でも一生懸命原稿を書いて、ぐったり疲れて起きたが一文字も覚えていない。わずかに記憶しているのは、書いたときに抱いた感情で、それをなんとか頼りにしながら、起きてから書いてはみるが、そんなもので原稿が書けるほど、この世界は甘くないのであった。

最近とても忙しく、いつもの「頭のなかが喧しい」状態がスタートしてしばらく経過している。頭のなかのガチャガチャが止まらないのだ。目をつぶっても、次から次へと文字が流れ、情景が流れ、寝るどころではない。こういうときに仕事は捗るのだが、眠ることができなくなるのが困る。もちろん、眠剤は処方してもらっているが、この状態では効かない。効果の頭打ちである。こうなると、眠剤に頼るというよりは、日中にできるだけ体を動かしたほうがいいので、最近は昼間に外で活動するようになった。活動って言っても、涼しいショッピングモールのなかで歩いているだけだけどね！　でも、そういう時間に物語が湧いてくることは多々ある。昼間のショッピングモールにいる人たちを観察しているだけで、原稿一本ぐらいは書けるのではないかという気分になる。

## 09/16 土曜日

ちょっとした用事があって料理屋へ。とても久しぶりな気がした。しかし、ああいう店に家族と行くのは退屈というか（ごめんやで）、なんというか、やっぱり女友達（悪友）と行きたいよ。

暗い目をして世の中に文句を言いながら、ハイボール（濃いめ）をジョッキで飲みたい。チッ！　と、舌打ちしながら窓の外を眺めたい。腕組んで、足組んで、タバコ吸って天井に向かってぶわっと煙を吐き出したい。あ〜、うめぇ、久々のハイボールはうめえなあ。これだから女友達と酒はいい！　と、心から思う瞬間が懐かしい。20年ぐらい前は普通にやっていた。

秋の訪れとともに、自分のなかに老婆の訪れも感じている。

## 09/17 日曜日

子どもたちの記憶に残ると思われる、この今の時期に、私は料理への熱意をすっかり失ったと何度か書いた。熱意は戻ってきたり、再び引っ込んだり、寄せては返す波のように不安定だ。

一番モリモリ食べる（実際に食べている）17歳という、生涯でも貴重なこの時期に、私はすっかり作ることを放棄した。息子たちは、べつにそれに不満を抱くでもなく、コンビニに行ってからあげクンを買ったりしている。辛いわと思いつつ、私のなかの何かのスイッチがオフ状態だ。

彼らが幼いときに必死に作っていたのに、その記憶は彼らに残ってはおらず、今はすっかり「あんまり作らない母さん」になってしまったのは皮肉だなと思う。子育てはこんな時差の積み重ねのような気がする。そんなこと気にもならないさと、子どもたちは言うだろう。言うに違いない。そんな子たちなのだ。

## 09/18 月曜日

ケアマネさんから、義母が除光液を顔に塗っているようだという連絡があった。WTFである。

「え、除光液ですか⁉」と驚くと、「ええ、今日、ヘルパーが目撃したようです。だから、数ヶ月前にお顔が腫れ上がったのも、あれはもしかしたら、除光液だったのではないかと思うんです」と言う、ケアマネさん。間違いない、と思った。誤飲・誤食には気をつけて下さいと主治医からは言われていたが、とうとう、そういう段階に来てしまったのかと思い、困ったなあ……という気持ち。

義母の変化を憂う気持ちと、私もきっと認知症になって、誤飲・誤食どころか、手がつけられないほど大暴れするんだろうな……という、予感めいた気持ちがごちゃ混ぜになる。真鍋昌平さんの『九条の大罪』を読んでいると、特養選びも大変だぜ……という気持ちになるし、わいも手足を拘束される未来が来るのかなんて、思ってしまう。怖い。

09/19 火曜日

DNAに関する記載内容（英語）が理解できず、散々悩んで、図書館に行って本を一冊読んでもわからない。うううむ、わからない。今日一日悩むことになりそうだ。

09/20 水曜日

ひたすらに、ただひたすらに翻訳。夜、眠れないことはないのだが、副作用で夢を山ほど見るようになった。

09/21 木曜日

通院日。いつものメンタルクリニック。
「さて、最近はどうですか？」
「調子はいいですよ」

「眠れてますか？」

「ハイ！　先生が処方して下さっている例の眠剤（デエビゴ）、すごく効くし、目覚める瞬間までずっと夢を見るんですよ。それも超大作」

「それはまあ、副作用なんですが、しかし、どういう夢ですか？」

「この前は夢のなかで突然、『サヨナラは八月のララバイ』って古〜い曲の歌詞を全部思い出して『これは男性が、なんだかんだと勝手なことを言いつつ女性を捨てる曲』だと判明した……という内容を、文章にまとめている夢を見ました。朝まで書きっぱなしです」

「ふーん……あなたきっと、創作の才能がありますよ。物語が書けるかもしれない」

「そうでしょうか……」

## 09/22 金曜日

原田とエイミー

「エイミー、話があるんだ。俺たちのことだよ」　エイミーの顔から徐々に笑顔が消えて行った。

「今日、君のお母さんに会ったよ。来月、手術があるそうだね。君に、そばにいて欲しいと言っていた。君をずっと捜していたらしい」

エイミーは青ざめた顔で原田を見て、そしてこう答えた。「おじいちゃんが大好きだった私をアメリカまで突然連れて行ったのもあの人だし、おじいちゃんに会いに来ていた私を無理矢理アメリカまで戻したのもあの人。原田さんに頼んで、こうやって私をまた連れて帰ろうとしているのもあの人。あの人はいつも勝手なことばかりやるの」

「親なんて勝手な生きものだよ、エイミー。俺の親だってそうだ。……エイミー、よく考えるんだ。今回帰ったからって、二度と戻れないわけじゃない。アメリカの生活を整理して、また来ればいい。俺はしばらく仕事を辞めないし、ここに相変わらず住んでいるはずだよ。カサブランカだってずっと営業してるだろうし、ユキだってあのまま変わらずお節介なことをやってるさ。今、君の全てはアメリカにある。ここには俺と、それからこのマンションの部屋しかない。そんな狭い世界で、いつまで生きていくつもりだ？　一度区切りをつけるためにも、アメリカに戻ったほうがいい。君のチケットはもう取ってあるそうだ。明日の夜のフライトらしい」

エイミーはそこまで聞くと、じっと原田の目を見つめた。エイミーの両目に涙がたまっていくのが、原田には辛かった。

「原田さんは、私が帰ったほうがいいと思っているってこと？」と、エイミーは聞いた。原田はその質問には答えなかった。原田はこの先もずっとエイミーと暮らしたいと思っていたからだ。しかしそうとは言えなかった。

「俺は明日、いつも通り仕事に行くよ。アメリカに戻ろうと決めたら、合鍵はポストに入れておいてくれ。もしこのまま残るというなら、それでもいい。そのときはまた二人で考えればいいさ。俺は君が決めたことなら応援するから」

＊＊＊

エイミーと原田は、夜中過ぎになってようやく眠りにつこうとしていた。暗闇のなかでエイミーが原田に聞いた。

「しあわせよね、私たち？」

少し考えた原田は、はっきりと、「もちろんだよ」と答えた。

翌朝、玄関まで原田を見送ったエイミーは、原田にこう聞いた。

「私、邪魔ではなかったでしょ？」

原田は、「邪魔なわけないだろ」と答え、職場に向かった。エイミーは笑顔で手を振り、原田を送り出した。

＊＊＊

退勤した原田は大急ぎで自宅マンションへと向かっていた。もしかしたらエイミーは、そのままマンションにいるのかもしれない。母親と帰国せず、自分の帰りを待っているかもしれない。そうだとしたら、このままエイミーと暮らし続ければいい。我慢できなくなり、メッセージを送りそうになったが、彼女の決心が揺らぐことがないように、送るのはやめた。

それに、彼女に何を聞くと言うのだ。まだ部屋にいる？　それとも空港？　そんなこと聞いたところで、どうにもならない。そんなみっともないまね、できないだろと、原田は自分自身に言い聞かせていた。

最寄り駅のホームに着き、原田は階段を駆け上がった。マンションまでの道を、力の限り走った。マンションの目の前に到着すると、肩で息をしながら、恐る恐る、自分の部屋のベランダを見上げてみた。

明かりはついていなかった。

原田は大きく息を吐いて、ゆっくりとマンションのエントランスに入って行った。ポストを開けると、そこにはエイミーに預けていた合鍵が入っていた。左手でそれを取ると、重い足取りでエレベーターへと向かった。マンションの部屋のドアを開けると、中は暗かったが、つい先ほどまで彼女がそこにいたのは確かだった。部屋の明かりを点け、どさりと荷物を床に置き、上着を脱いでダイニングの椅子に放り投げた。

部屋はきれいに片づいていた。エイミーの荷物はなくなっていた。冷蔵庫を開けると、そこには原田のお気に入りのチューハイが並んでいた。エイミーが買い置きしてくれたのだろう。原田はそれを一本手に取ると、ベランダに行き、マンション前の通りを眺めた。もしかしたらバックパックを背負ったエイミーが歩いているかもしれない。原田はチューハイ缶のプルトップを開け、勢いよく飲んだ。

＊＊＊

泥酔してワイシャツ姿のままソファで眠ってしまった原田が目覚めたのは、夜中のことだった。頭痛に耐えながら、テーブルの上のケータイをチェックすると、エイミーからメッセージが届いていた。原田はそれを何度も読み返すと、ケータイを放り投げて再びソファに仰向けになり、天井を見つめた。両目から涙が勝手に流れてくる。

原田は、「失恋ってこんなに辛かったっけな」と考えながら、暗い部屋でいつまでも天井を見つめていた。

（終わり）

## 09/23 土曜日

夫が会社の山岳大会（夫は山岳部）で、どこか遠くへ行った（一泊で）。その事実を知った双子が、妙にリラックスして、私が仕事をしているリビングにやってくる。なんだか相当、うれしそうな雰囲気だ。かくいう私もなんだか相当、楽しい気分だ。朝から部屋をぴかぴかにして、天気がいいので洗濯まで完璧にやって、ファーストフードを買い込んで、三人でボクシングの試合を観戦した。

「なにかこう、自由な雰囲気があるよねぇ〜」と次男が言うと、「ほんまや〜」と長男が答えていた。

なんでやろな〜

## 09/24 日曜日

ケアマネージャーから電話が入る。「理子さん、もうそろそろ主役の座を降りていいと思いますよ……」ということだった。つまり、実の子（夫）の更なる関与をケアマネは求めているというわけだ。

例えば、月一回のモニタリング（ケアマネが実家訪問、介護がスムーズに行われているかどうかを家族とともに確認する）、「息子さん、一回も来たことないじゃないですかぁ！」ということだった。

確かにな！　それな‼

「理子さん、ほんまにようやってはりますわあ〜、ほんまに感心しますわあ〜」とケアマネはベタ褒めして下さるんだが、『全員悪人』（CCCメディアハウス）を書いたことがバレたらどうなるだろうと、ちょっと怖い。介護していると見せかけて、私はじっと観察しているのだ、ということがバレてしまったら？　新しいタイプの介護だとは思うが（深淵を覗くとき、深淵もまたこちらを……）。

ケアマネさん自身、夫さんとは介護のことでめちゃくちゃ喧嘩になるとのこと。「いくらあたしがプロだからって、押しつけは許さへん!!」と言って、「あたしは何もしませんから！」と宣言したらしい。「今どき、介護保険という制度があるんですから、働いていても介護はできるんです！　だから、会社が忙しいは理由になりません」、「実の子は逃げられませんよ!!」、「所詮、あたしら嫁は他人ですやん！」と言っていたケアマネさん。

それな!!!!!!　全部それな!!

夜、夫が登山から戻ってきた（タイミング）。

## 09/25 月曜日

朝、義母からケータイに連絡が入る。最近、電話やケータイの操作ができなくなった義母にしては珍しいなと思い、出たら、「私、できちゃったみたい……」ということだった。ぱっと思い浮かんだ言葉は『射精責任』である。

「まさか〜、お義母さん、それは勘違いじゃないかな〜?」とやんわり言うと、「そうか、そうやんね。でも……産まれたらきっと、かわいいし、楽しいやろね」と義母が言う。なんという母性。いまだにそれが、彼女のなかにしっかりとあったなんて。

「そりゃあ、楽しいよ。小さい子どもってかわいいもんね」と答えると、義母は満足そうに「そうよねえ」と言っていた。なんと答えるのが正解だったのか。こればかりは私にもわからない。

義母は会うたびに気持ちが若返っている。今は二十代後半といったところか。義母の母性に感動していいのか、それとも女はいくつになっても出産から逃れられないと落胆したらいいのか。よくわからないが、正体不明の感情がわいてくる。

## 09/26 火曜日

ケアマネさんからメールが入る。「ご実家のお風呂なんですが、汚れたお湯が張られたままだとヘルパーから連絡がありました。どうしましょうか。抜いてもらっていいですよね？」ということだった。思い浮かんだのは、「なんでもないようなことが、幸せだったと思う」である。

義父には遠回しに、「お風呂に入ってる？」と聞いてはいるが、答えは常に若干の苛立ちを含む「入っとる‼」である。「それやったらええわ！」とこっちも勢いよく返すのだが、真実は闇の中というか濁った湯船の中だ。

義父はいいのだが、義母のことが気になる。デイに行かない限り洗髪はできないので、最近、台風とすれ違った？　という感じの髪型になっている。幼い頃のハリー・スタイルズだ。かわいいいやん。

## 09/27 水曜日

次男とLINEでやりとりをしていて、勘違いが発生し、大げんかになった。文字で伝えるということは本当に大変で、特に私は文字数が多いものだから（仕方ないじゃん）、息子曰く、「半分以上読んでない」ということだった。わかりあえない二人である。最近は意識して、一行で区切って、簡潔に送っているのだが、それでも「母さんの文章は長い」と言われる。だったらと、写真で意志を伝えるという作戦に切り替えたら、これが功を奏して、こちらの言いたいことはスムーズに伝わるようになった。Z世代は文字ではなく、絵で感情を読み取るのだな。

## 09/28 木曜日

原田最終回の連載公開。今も原田は都会のマンションで、静かに暮らしていることでしょう。たぶん、幸せにね。

## 09/29 金曜日

夢を見た。他人の夢の話ほど、ほんっとにどーでもいい話はないと思うのだが（本当に、他人の夢の話ほどしょーーーーもないものはないのだが）、とにかく夢を見た。

夢の中で、子どもの頃の長男が、泣きながら、「僕もあれを買って欲しい」と指さしながら私に言う。指をさしていた「あれ」、とは、夢のなかで次男が笑顔で着ていた緑色のパーカーのことだ。幼い頃の長男だから、まだ髪がおかっぱで、私に似ているとよく言われていた頃の姿だった。泣くと目の下が少し腫れて、瞼が真っ赤になる。あの頃の長男だった。

目が覚めて、長男がものすごく可哀想になった。11時になるのを見計らい、ユニクロに突撃。長男のために緑色のパーカーを買った。長男にだけ買うと次男が怒るので、次男にはシャツを買った。猛スピードで家に戻り、長男が学校から戻るのを今か今かと待ち、戻って来たので急いで手渡した。

手渡されたパーカーを見た長男は、「お！　サンキュー」と言って、そのまま自室に入っていった。なにごともなかったかのようにドアをバタンと閉めた（そりゃそうだろう)。バイトから戻った次男にシャツを渡すと、「キャー! ママぁ! ありがとう〜! サンキュー♥ラブ! イェイイェイ!」と言いながら、廊下でしばらく踊っていた。

## 09/30 土曜日

「母さんさあ、ロビンフッドの木のこと知ってる? 切られたらしいよ」と次男が言ったのだが、なんの話なのかよくわからなくて、そのときは「へえ、知らないなあ」と適当に答えていたのだが、後日、TikTokを見ていたら衝撃的な映像が流れてきて、謎が解けた。イギリスの有名な巨木(樹齢200年のシカモアの木)が二人の男性によって切り倒されたというもの。これは……悲しいではないか、あまりにも。すぐに次男にLINEを送り、「ロビンフッドの木、見たよ。あれは悲しいね」と書くと、「そゆこと」という短い返事が戻って来た。次からは「そゆこと」を使うようにする。

あの見事な木が切り倒されてしまったことで、心を痛めている人が世界中にいる。犯人のひとりは16歳ということだが、何があったのだろう。とてつもないものを背負うことになったな。

2023年

# 10
# 月

## 10/01 日曜日

ああ、10月に入ってしまった。もう年末と言っていい。年内に仕上げる翻訳本が二冊あるのに、どうしたらいいのか。一年があっという間に過ぎてしまう。それはそれは、怖いほどに。

## 10/02 月曜日

デスロード。翻訳作業、原稿チェック作業、イベントの準備など、もうへとへとだ。

## 10/03 火曜日

車を運転していたら、先日、一緒に武道館に行ったB君とすれ違う。互いに目が合ったが、彼がすいっと逸らしたので、私も逸らした。それにしても、立派な青年に育ったものだ。息子たちの同級生、仲のよい母友の息子というだけで、こんなにもうれしいものなのか、君の立派な姿が。

保育園で一緒に育っていた頃を思い出して、おばさんは信号待ちで勝手にしんみりした。不思議だね、こんなにうれしいだなんて。

## 10/04 水曜日

今日の感動。一ノ瀬ワタルがRottweilerってプリントされたTシャツを着ていた。似てるよね、ロットワイラーに。ロットワイラーだよね、一ノ瀬ワタルは!!!

## 10/05 木曜日

ちょっとだけ草刈り。バッテリーが30分ぐらい保つので、バッテリー一個分を一日の作業にして、連日行って庭をきれいにしていくという作戦。これもパズルゲームと同じで、やり出すと止まらなくなるのだが、翻訳ものの締め切りが近いので、とにかく、ぱっと作業して、仕事に戻る。心が忙しい。頭のなかが大変忙しい。

## 10/06 金曜日

『LAST CALL』（亜紀書房）、ラストスパート。しかし、本書には全体の3割を占める資料がついていて、その資料を訳す作業がもう、本当に、本当に……。あまりにも文字数が多いので、途中、休憩を挟みつつ、パズルゲームをして気を紛らわすことに。それにしても、なんという文字数なのだ。息も絶え絶えになってきた。

10月はハードだ。中盤から後半にはイベントが目白押し。日記の文字数もハードな日々により減少傾向にある。

できる、俺ならきっと。

## 10/07 土曜日

泣きそうになるぐらい翻訳ばかりの日々。訳しても訳しても、終わりが見えない……。

終わりは見えないが、どんなに長い本でも、コツコツやれば、絶対に終わりは来る。それだけを信じて作業をする。

今日も朝から晩まで、『The Real-Life Murder Clubs』（大和書房）と『LAST CALL』（亜紀書房）にかかりきりだった。二冊とも年内に出版だ。それにしてもギリギリの攻防だな〜。

今年はとても忙しかったが、その最後の月に殺人系ノンフィクションが二冊出版されるとは！　今年はよく働いたと言ってもいいのではないだろうか。えらかったよ、私。来年はもう少しゆっくりしたいなぁ（希望）。しかし、最後の仕上げの作業はまだ残っている。気を抜かずに最後まで作業すること。最後が一番大事なのだ。

## 10/08 日曜日

延々と翻訳原稿の見直し。半泣きで作業。

翻訳家になるにはどうしたらいいかとはよく聞かれる質問だが、外国語の習得というよりも、日本語を大量に書ける（処理できる）かどうか、そこが重要なんじゃないかと思いはじめている。かなりの文字数なので、まずはそれを実際にタイプ可能かという根本的な体力を試されるような気がしている（特に、ノンフィクションは）。

30万字にも折れない手首。

500ページにも負けない肩。

締め切りを死守する根性（私はこの点ちょっと怪しい）。


翻訳とは、まさに重労働なのだ。

私はタイピングが早いほうだとは思うし、嫌いな作業ではないけれど、それでも長時間打ち続けるこの仕事、いつまで続けることができるのやら。翻訳って聞くとかっこいいイメージがあるかもしれないけど、実際は泥臭い仕事だ。

エッセイだって同じだ。さらっと書けばいいと勘違いされがちなエッセイだが、そんなにさらっと書けるわけがないではないか‼（さらっと書けていいなと言われると、いちいち怒る私）全然さらっとしてないのよ。どんな文章も「さらっと」は出てこないわけ。なにやら、濃厚な感情とか、薄汚い思惑とか、そういうものが渦巻いていて、それをぎゅっとまとめて、多くを削って、ようやく形になる。もちろん、私の場合の話だけれど。

突然頭が真っ白になって、書けなくなる日がやってくるのかもしれないという恐怖との闘いの日々だ。そうしたらどうするのか。Netflixでも見て、一日中ゴロゴロすればいいのでは？（願望です）

## 10/09 月曜日

自宅勤務のくせに、新しい一週間のはじまりが憂鬱だ。なぜだかわからない。Rainy days and Mondays always get me down という歌詞があるが、まさにそれ。ただし、私は雨の日は調子がいい。雨の日は作業が進む。雨の日は「無理して外に出なくてもいい」と思えるだけで、少し幸せな気分になる。

庭の草刈りは結局できないまま、気温が下がり、青々としていた雑草が少し枯れてきた。一気に作業をしてしまえばいいのだが、どうにもやる気が出ない。山を見たら、ところどころ紅葉していた。雪で真っ白になるまであと一ヶ月ぐらいだろうか。

夕方に、母友というかママ友が、自分の田んぼの新米を持ってきてくれた。毎年こうやって持ってきてくれる。さりげない優しさだ。

## 10/10 火曜日

そろそろ東京でのイベントの支度をしなくてはいけないなと思いつつ、なかなか作業が進まない。ギリギリまで翻訳作業があるからだ。下手をすると新幹線の中まで持ち込まないと間に合わないかもしれないけれど、それだけは避けたい。必死になって原稿と格闘している。

## 10/11 水曜日

美容院。伸びていた髪を切る。私の担当を長らくしてくれている若い美容師さん、華原朋美さんに似ていると思っていたのだが、エルフの荒川ちゃんにも似ている。メイクも荒川ちゃんぐらいバッチリしている美容師さん、明るくて大好き。最近わかってきたけれど、私はギャルが好きだ。

息子さんが小学校高学年になり、ちょっと反抗期がはじまって大変らしい。ああ、そういう時期もあるよねと、少し遠い目になった。子どもの反抗期、地獄だよね。わかるわかる。

## 10/12 木曜日

昔であれば、東京に行くのも一大事だったのだけれど、最近は「東京行ってくるわ」と言えば、息子たちからは「ウス」みたいな返事が返って来て、それだけで成立するようになった。息子たちはそれぞれ、自分の食事ぐらいは用意できるし、おこづかいさえ与えていれば、コンビニに行って弁当を買ってきたり、近くの焼肉屋で焼肉食べたり、勝手にそうしてくれる年齢になった。母親が何をやっているかなんて興味はないが、東京に行けることはうらやましいと思っているみたいだ。お母さんはね、仕事をしているんですよ、これでも！　遊びじゃないんですから！　というオーラを出しながら東京に向かっている。

しかし先日次男が、「俺は都会の放つ光の強さに負けると思う」と、私が19のときに考えたようなことを言ったので驚いた。私が東京への進学を目指さなかった理由は、ダイアパレス（ダイア建設）のCMだった。スーツを着た男性たちが立ち並ぶ摩天楼の中心でバスケをしているCMで、バックグラウンドには『東京砂漠』が流れていた。あれを見て、「無理！　ついていけない!!」と思ったのだ。

今考えると、本当にどうでもいい理由なのだが、私の勘はあながち外れてはいなかったと思う。いや、思いたい。京都では成立した生活だったが、あれが東京で成立したとは到底思えない。

## 10/13 金曜日

大イベントの日。

東京に行く新幹線のなかでNetflixの『トークサバイバー』を観ていたのだが、面白くて吹きだしてしまうため、ハンカチで顔を隠しながら観ていた。まるで変態ではないか。あっという間に東京到着。そこから集英社に向かい（いつ行ってもすごいビルだね）、取材2、対談1、夜に酒井順子さんとのイベントがあった。酒井さんにお会いできるとは夢にも思っていなかった。20年ぐらい前に、暗い目をしながら密かに文章を書いていた私に伝えてあげたい。あなたは将来、酒井順子さんに会えると。

## 10/14 土曜日

体力ゼロで死にそうに。帰りの新幹線のなかでも『トークサバイバー』を観ていたのだが、爆笑していたら、通路挟んで横の中国人観光客に「何を見てるの？　そんなに面白いの？」と聞かれてしまった。うん、Netflixなんだけど、日本のトークショーで、面白いんですよ、ずっと笑っててごめんと答えたら、いいよいいよ！　笑うのはいいことだよ！もっと笑って！　と、なぜだか応援される。そして、私のiPad miniを指して、「君もminiが好き？」と聞いた男性は、自分のminiを私に見せてくれた。黄色いカバーつき。「いろいろ買ったけど、私はminiが今のところは好きかな。移動には最高です。でも最近、proのでっかいのも欲しくなってます」と言ったら、ワハハハと笑って、僕もいっしょだよと言っていた。京都駅で降りたファミリーに、京都を楽しんでと声をかけて別れた。

## 10/15 日曜日

東京から戻って二日目。あまりにも多くのことがあって、感情的にも体力的にも限界に達して寝ていた。

なかなか疲れが抜けない。ドラマをテレビで流しながら、ゆっくりと部屋を片づけた。

いや〜、今回の東京滞在はすごいことがたくさんあったなあ！

## 10/16 月曜日

ＳＫさん、逝去の報せ。私が派遣社員をしていたとき、とても優しくしてくれた数少ない大人の一人。結婚してから一度も会っていないにもかかわらず、顔は鮮明に浮かんで来る。痛みや苦しみのない世界の住人となり、今は楽になっただろうか。大好きなサッカーを天国でも続けて下さい。

しかし、自分でも驚くほどのダメージだ。彼が亡くなることがこんなに悲しいとは、思ってもみなかった。ＳＫさん、悲しいよ。若すぎるじゃないか。

## 10/17 火曜日

朝から寒気。風邪引いたのかもしれない……などと思いつつ、原稿を書く。次の訳本の読み込みを進めた。途中で、訳文も同時に進行させようと思いつき、結局、次の一冊の作業も先に進めることにした。予定からはずいぶん遅れている。急がなくちゃ……。

## 10/18 水曜日

高校生たちが近所の体育館で剣道の練習をしていた。夜だったので迎えに行き、息子たちの同級生も乗せてそのままファミレスへ。

最近のファミレスはロボットが料理を運んでくる。次男は猫のロボットが運んで来たステーキの鉄板をドン！　と勢いよくテーブルに「縦」に置き、そしておもむろに食べはじめた。縦、である。普通、横でしょ。

それを見た同級生のS君が「おい、ちゃんと鉄板を横にして、きちんと食べろよ。そんな姿を見られたら、彼女に幻滅されるぞ」と言った。次男は「彼女の前ではこんなことせえへんよ」と答えた。するとS君は、「こういうことって、意識していないところで出てしまうもんやで」と大人の回答をしていた。S君の向かい側に座っていたB君は「フフフ」と笑っていた。

S君、次男に注意してくれてありがとうと考えながら、私は何も言わなかった。長男は、猫のロボットが運んで来たチーズハンバーグを丁寧にテーブルに置くと、静かに食べていた。私はB君とサラダについて語り合った。B君曰く、「サラダの中にフルーツが混ざるのは、きついっす」ということだった。

## 10/19 木曜日

ケアマネさんから連絡があり、義父が入院を言い渡されたらしいと聞いた。足が動かないので整形外科に行くと、「このまま入院です！」と告げられたそうだ。「入院だけは嫌だ」と断ったと義父がヘルパーさんに伝え、「誰にも言わないでくれ」と付け加えたらしい。しかしヘルパーさんは機転を利かせてケアマネに報告、そして私のところに電話が来たというわけ。というのも、ヘルパーさんもケアマネさんも、義父が脳梗塞で倒れたことがあると知っている。脳梗塞で倒れたことがある人の言う「足が動かない」は、それなりの衝撃がある。

寝耳に水だったが、とりあえず急いで夫の実家に行くと、義母はデイサービス、義父はパジャマ姿で寝ていた。結局のところ、たいしたことはない話で、数日前に転んでそこが内出血して痛いということだった。入院の必要があったかどうかは、本当のところはわからない。本人曰く、ちょっとした怪我だということだった。「あんたらには言わないでくれと頼んだのに」と義父は言っていたが、それならそもそもヘルパーさんにしゃべるなと思うのだが、それは冷たいのだろうか。そんな思わせぶりなことを言ったら報告されるのわかるじゃん？　と、はっきりと口に出して言いたいのだが、ぐっと我慢した。

こんなことが多いのだ、最近は。

## 10/20 金曜日

今年はカメムシが大発生しているとニュースになっているが、確かに大発生している。次男がアルバイトしているコンビニの窓にも、夜になると緑色のカメムシがびっしりくっつくようになった。そのびっしりくっついた大量のカメムシを集めて、どこか別の場所に放すのが次男の仕事のひとつらしい。

「どうせまた戻ってくるんじゃないの？」と聞いたら、「せやな」と言っていた。いろいろなことを経験して、大人になっていくんだなあと思った。カメムシ、一旦集められて、再び野に放たれて、またコンビニのガラスに戻って、カメムシたちも「人間は僕らに何をやらせるんや？」と思っているのではないだろうか。

## 10/21 土曜日

梅田蔦屋書店で新刊『実母と義母』（集英社）のイベント。久しぶりの梅田である。いつ来ても大阪はいい。東京も素晴らしいが、大阪は歩いている人のパワーがすごい。話し声がでかい。みんな、そこそこ楽しそうだ。カップルも、なんだかんだ言いつつ、仲が良さそうに見える。蔦屋の雰囲気も、他の店舗とは少し違って、なんだかエネルギッシュだ。書店のなかに事前予約をして席を（かなりいい感じの席を）確保できるラウンジのようなものがあり、あれは素晴らしいと思った。滋賀にもあのような店舗を作ってくれないだろうか。無理なのはわかっている。でも作ってくれないか。

イベント終わりに、編集者さんと京都駅で食べたステーキ、うまかった……。

イベントは、いつも通りスムーズに始まり、スムーズに終わった。すべて、熱心な書店員のみなさんのおかげ。なにより、聞きに来て下さった読者のみなさんのおかげ。ありがとうございました。

## 10/22 日曜日

昨日は大阪まで出張したため、今日はゆっくりしようと思って朝からゲーム&コミック三昧。

午後になって、来週予定されているインタビューの内容を確認する。「どうすれば翻訳家になれるのか」……この質問を一体何度聞かされたことだろう。現役の翻訳家のみなさんも、きっと何度も聞かれているでしょう。その答えは、「はっきりわからん」です。

ジャンルによっても違うし、年齢によっても違うだろうし、一概には言えないと思う。ただ、体力と忍耐力はいるんじゃないかな。最初のページから最後のページまで、訳しきることができないと成立しない仕事だから、目指している方は、好きな洋書を、最初から最後まで訳してみたら、おのずといろいろと見えてくるような気がする。本当に好きな作業なのか、それとも、苦しくてたまらない、眠くてたまらない、なんだか腹が立ってきた、こんなもんやってられっか、いっそのこと死んでやるよ!! なのか。私の場合、すべて当てはまります。

そうだ、先日、「家族とはなんでしょう」とも聞かれたんだけど、それも「わからん」、私には。わからないから、書いているし、これからも書くよ、きっと。

## 10/23 月曜日

次の一冊の翻訳を急いでいる。犬に関する本だ（待ってました!!!）。霊長類である人間がイヌ科イヌ属をいかに理解できていないか、びっしりと書いてある本で、「言われてみれば本当にそうだ」の連続は、『射精責任』（太田出版）を思い出す。ちなみに、これは慶應義塾大学出版会から来年初めに出版される。犬の本だが、鈍器本であることは間違いない。鈍器はそれだけでいい、どんなジャンルでも。

しかし、そもそものスケジュールより遅れてしまっているので、急いで作業を進めなければならない。

今年は本当によく働いていると自分でも思うけれど、ラストスパートの気持ちでがんばる。12月は、少し休憩したいな。

## 10/24 火曜日

先週行くはずが、仕事で行けず、本日メンタルクリニックへ。

先週、ウェブサイトを見てみたら、新規の患者の受付をストップしたと書いてあった。先生はそろそろ引退を考えているのかもしれない。それほど高齢には見えないが、70代であることは確かだろう。

「それで？　調子はいかがです？」

「いいです。ちょっと最近忙しかったんですが、乗り切りました」

「眠れてますか？」

「そうですねえ、忙しくなってくるとどうしても頭の中が興奮して、眠剤の効きが悪くなるような気がします」

「運動してみるのもいいかもしれないですね。お薬増やしましょうか？」

「いいえ、大丈夫です。すこし体を動かしたりして調整します」

「そうですか、お大事にして下さい」

と、診察はあっさり終了。「先生、なぜ新規の患者受付を止められたのですか？　もしかして、当院も閉院なさるおつもりで？」と聞きたいという欲望が高まりすぎて、面白いことがひとつも言えなかった。この病院がなくなってしまったら、私は路頭に迷う不眠症患者となる。

## 10/25 水曜日

親友でニューヨーク在住のヨーコが最近、コーチングの仕事も始めたようで（ニューヨークで保育園の経営もしている。ちなみに元歌手だ）、日本語でショート動画を公開しはじめたんだが、とにかくしゃべりがうまくて驚く。もう30年ぐらいニューヨークで暮らしているはずなんだけど、さっきまで梅田にいましたみたいな関西弁で、よどみなく話す。台本を見ている様子が一切ないので、アドリブで話してるんだろう。

そう言えば彼女は、昔からそうだった。とにかくしゃべりがうまかった。学内でも異様に目立っていた（ちなみに大学で知り合いました）。あれはひとつの才能で、文章を書かせたら抜群にうまいタイプだと思う。彼女のお母さんもそんな感じの人で、私は時折彼女の実家に行ってはごはんを食べさせてもらっていた。ちなみにお兄さんは大阪府警の警察官で、顔がマイク・タイソンに似ている。

## 10/26 木曜日

風邪がようやく治りはじめた。

『LAST CALL』（亜紀書房）のチェックもそろそろ終盤。原書のテキストと訳文との突き合わせは終わったので、最後の作業、オーディブルを使ってのチェック。『LAST CALL』はとても長い本なので、普通に音声を流していたら12時間ぐらいかかることがわかり、1・5倍速にして聞きはじめたが、慣れてくると1・5倍でもちょっと遅いような気がしてくるではないか。慣れって素晴らしい。試しに1倍速に戻して聞いたら、秒で寝落ちしそうだった。

最終的には1・7倍速まで速めて最後まで聞いた。抜けがいくつかあった。恐ろしいことだ。目で拾えなかったものを、耳で拾ったということで結果オーライとしたい。この段階でのオーディブルチェックは、私にとっては必要不可欠な作業だけど、他の翻訳家のみなさんはどうされているのだろう。アメリカと同時発売なんていう超売れ筋本を訳すみなさんは、ほんんっとに大変だろうな（だってオーディブルないでしょ）……。すごすぎないか。

脳内を左から右に流れてくる英文を、上から下に書かれた日本語と重ねていく。交差する場所で、火花がスパーク！　ポイントが入ったら楽しいだろうな。何か間違いがあると、流れがピタッと止まる。ややこしいようで、慣れるとなかなかどうして楽しい作業だ。脳トレみたいな感じかね？　こんなことやっていても、認知症にはなるのだろうか。

……なる、絶対。

## 10/27 金曜日

本日も、仕上がった原稿の最終チェック。原書のオーディブルバージョンを聞きながら、訳文と突き合わせ。1・7倍速だと、数字が聞きにくい。いま、50って言った？　それとも52って言った？　と、30秒ほど戻して聞くということを何回かした。いちいちマウスで再生を止めるのが面倒くさいので、ふと気づいて、iPhoneでオーディブルを再生。手元で細かく操作できるので楽だ。ワイは天才かもしれない。最終的に2・3倍でスピードアップ。その音声の速さがツボにはまったらしく、息子たちが大爆笑してた。まあ、確かに面白い。内容はシビアだが。

## 10/28 土曜日

私が文章を書く理由は、ただただ、「驚かせたい」からだということを改めて考えた。最初に驚かせたいのが編集者で、次に読者。書いているあいだじゅう、どうやって驚かせようかとわくわくしている。来年はそんな一冊をどこかのタイミングで書きたい（というか、書いてあるので仕上げをしたい）。

## 10/29 日曜日

亜紀書房で連載していた、『犬がいるから』はシーズン4で止まってしまっている。私がオーバーワークで体力がなくなってしまったこと、いろいろあってメンタル不調で、脳天気に明るいことが書けなくなってしまったのが大きな原因だが、今年中には再開したいと思い、準備している。編集者さんには心から申し訳ないと思っている。

相変わらずハリーはかわいい。顔が大きすぎて、そのうえかわいいので、胸がいっぱいになってしまう。あの大きな顔はどうにかならないだろうか。あの大きな顔が私の思考を混乱させるのだ。こんなにかわいい動物が存在するなんて、地球はどうかしていると思えてくるのだ。

## 10/30 月曜日

今日は久しぶりに新潮社の金さんと白川さんと京都でお会いした。前回会ったのがなんと二年前だそうだ!! ええっ！ 白川さんにはほぼ連日のように下らないＬＩＮＥを送っているので（申し訳ありません）、なんだかまったく久しぶりのようには思えない。御所近くのレストランでコースを頂いてしまった!! うまかった。来年の出版についていろいろと計画を練ったが、来年も忙しそうだなあ〜。めちゃ楽しみだ。

## 10/31 火曜日

メールの見落としに気づく朝……そして荷物を落としたことに気づく朝……。

昨晩白川さんから預かった原稿を、電車のなかに置き忘れた。朝になって気づいたので、ＪＲの落とし物ＡＩチャットで届け出て、午後には連絡があった。原稿は無事見つかり、一件落着。私は落とし物が大変多いが、まさか預かっていた原稿を落とすとは、ヤキがまわったもんだぜ。

**1.** 梅田蔦屋書店で『実母と義母』のイベント ／ **2.** 集英社にて取材と対談 ／ **3.** 秋のハリー
**4.** ドーナツに恋してる ／ **5.** 京都タワーを見ながらステーキ ／ **6.** "The Other End of the Leash"
**7.** これ以上ないほどカオス ／ **8.** ズボンが裏表の次男 ／ **9, 10.** 足平蒲鉾さん。うますぎる

## 11/01 水曜日

地元の総合病院の認知症外来に新規予約。五ヶ月待ちですって。

義母は今まで認知症専門病院に通っていたのだが、症状が進み、効果的な治療法も（今のところ提示は）なく、このまま漫然と通い続けるよりも、地元の先生のところで総合的な健康管理をして頂いたほうがいいのではないかと考え、そうしたのだった。それに……今まで通っていた専門病院は遠かった。行くとなると一日仕事で、私が疲れてしまう。

そのうえ、認知症テスト（長谷川式認知症スケール）を受けるたびに義母が不機嫌になる。確かに、初めて受けたときのポイントの半分も今は取ることができない。そんな現実を、毎回突きつける必要があるだろうか。もう、テストを受ける意義もなにも、ないと思うのだ。点数が下がったから、どうだというのだ。そんなの、普段の生活を見ていればわかる。数値化の残酷さしか残らない。

ケアマネさんからは、「これから先が正念場」と言われ、とうとう、義母をショートステイ（一日だけ介護施設に入所すること）に送り出すことになりそうだ。今すぐに入所が必要だからというわけではなくて、万が一、何かが起きたときに、一泊に慣れておくことが大事だからということだった。「これから先の様々なご判断は、理子さんではなくて、息子さんがしたほうがいいのでは?」というケアマネさんの意見に素直に従い、すべて夫に丸投げした(それも豪速球で)。ケアマネさんからは夫に対して、面談の申し入れがあった。

## 11/02 木曜日

三ヶ月ぶりの循環器科受診だったのだが……血圧がめちゃくちゃ高くて何度も測り直しをされる。最初は片腕を突っ込むタイプのマシンで測っていたのだが、途中で看護師さんがやってきて、彼女が測ってくれた。あのような機械は高めに出るのかもしれない。

「何か生活に変化ありました? 調子悪いですか?」と、いろいろ先生に聞かれるのだが、自覚症状はなく、理由はわからない。私自身もちょっとびっくりの数値だった。まあ、少し働き過ぎなんだろう。

「とにかく、このまま高いとまずいので、毎朝血圧を測って記録して、次の診察に持ってきて下さい」と、なんと数年ぶりに血圧記録を命じられる! いちいち記録するのが面倒なので、スマホに転送してグラフにできるタイプの血圧計を買い直した(ちなみにPDF

出力もできる。感涙)。毎日手帳にちまちま記録していたら、それこそ血圧が上がってしまうからね。それで毎日測りだしたんだけど、家であれば正常値だ。

それにしても、僧帽弁閉鎖不全症の手術からあっさり五年が経過したが、きっちり三ヶ月に一度病院に通い、年に一回は手術をした滋賀医科大学医学部附属病院心臓血管外科の定期検診に行き、薬を飲み忘れることもなく、私は本当に優等生だ(病人として)。

## 11/03 金曜日

ここのところ、過去作の他社からの文庫化オファーが立て続けにある。著者としては、どうぞどうぞという気持ちなのだが、単行本の版元の担当編集者からすると、ちょっと微妙な感じなのだろうか(微妙な感じらしいです)。今まで文庫化に至っているのは、『ブッシュ妄言録』(二見書房)と『エデュケーション　大学は私の人生を変えた』(早川書房)の二冊だけだ。来年は数冊、文庫化されるかもしれない。わーい、楽しみだね〜!

## 11/04 土曜日

翻訳、翻訳、翻訳……

今年最後の一冊、『The Other End of the Leash』（慶應義塾大学出版会）だ。この一冊を今月中に終わらせれば、私は12月をそう焦ることなく迎えることができるはずなのだ。12月は『ラストコールの殺人鬼』（亜紀書房翻訳ノンフィクション・シリーズⅣ）と、『未解決殺人クラブ――市民探偵たちの執念と正義の実録集』（大和書房）の出版が控えている。ぬおおお、今年はたくさん訳したなあ！　いやしかし、もう一冊預かっている本があるので、12月は、そちらをゆるりとスタートさせながらの一ヶ月になる。大掃除もしたい。家の補修もしたい。壁も塗りたい。やりたいことがたくさんある。

## 11/05 日曜日

翻訳。朝から晩まで翻訳。洗濯物が相当溜まっている。庭の草は生えまくっている。玄関には段ボールが山積みだ。まとめ買いした野菜ジュースが転がっている。新米が山ほど届いているが、精米していないので、精米に行かねばならない。靴が四方八方に脱ぎ散らかされており、その上でハリーが寝ている。自転車が庭に乱雑に置かれていて、処分していないペットボトルが入ったビニール袋が4つほどある。もちろん、缶もある。送られてくる本が玄関に置かれたままだ。もう限界かもしれない。

## 11/06 月曜日

編集者の伊皿子りり子さんと、デスク周辺の環境について話をしていた。翻訳者は各自、独特な環境を作り上げていることは知っているのだが、井口耕二さんのキーボード配列も独特で、さすが大作を次々と手がけられる井口さんだなと感心。私の場合、作業が押してくると、なりふり構わぬデスク配置になるので、とてもじゃないがお見せできる代物ではないのだが、とにかく、翻訳作業とは、時間との闘い、自分との闘い、文字数との闘いなのだ‼

## 11/07 火曜日

親友のロドリゲスがブログで、「勝手に転がり込んできた男を家から追い出すのは大変。体重に似てる」と書いていた。その通りだと思って感心した。

## 11/08 水曜日

『ダメ女たちの人生を変えた奇跡の料理教室』（きこ書房）が来年、新潮社から文庫として出版されることになり、担当編集者の菊池さんからゲラが届く。久々に読んだけれど、とてもいいなと思った。2017年出版なので、ところどころに表現の古さは残っているものの、初めて原書を読んだときの感動が甦ってきた。料理が苦手な女性だけを集め、著者であるキャスリーン・フリンが料理教室を開いた様子が描かれている一冊なのだが、キャスリーンが教えたのは料理だけではなかった。彼女は生徒たちに、一番ケアしなくてはいけないのは自分なんだよと、丁寧に伝え、そして彼女らを勇気づけたのだ。

私たちは手を差し伸べ合うことができる。そう思わせてくれた。私たち、もっと協力して、仲良くして、楽しく生きるべきじゃない？　そう考えてくれた人が多かったはずだ。出版後のイベントには、予想を超える読者のみなさんが集まってくれた。それも、とても熱のあるイベントで、日々、女性が抱えている料理へのプレッシャーについて考えさせられた。ヤクザ専門ライターの鈴木智彦さんが、会場で丁寧に出汁を引いてくれたことを思い出して、なんだか懐かしくなってしまった。キャスリーンが来日してくれたときは、本当に楽しかった。あんなに人懐っこく、優しい著者には今まで出会ったことがない。映像化しやすい作品だと思うので、Netflixさんが気づいてくれるのを待っている。

## 11/09 木曜日

ここのところしばらく、『The Other End of the Leash』（慶應義塾大学出版会）を訳している。これは動物行動学者のパトリシア・B・マコーネルによる一冊なのだが、大変面白い。犬のしつけの本はあまり読んだことがなく、訳したことなんてもちろんないのだが、「なるほど」と思うことが、次々と書かれている。

パトリシアは、私の憧れの生活を送っている。ウィスコンシン州にある広大な農場で、牛や羊、猫、そして数頭の犬と暮らしているのだ。私が夜な夜な見ている TikTok のアカウントは、パトリシアのような農場主がその暮らしを紹介しており、思わず、「こんな生活もいいな」と思ってしまうのだが、厳しいに決まっているので、あっという間に諦めて、ハリーを触って満足している。半分、牛のようなものだからな。

## 11/10 金曜日

『The Other End of the Leash』。朝から晩まで訳している。文字数が多めというわけではない……と思っていたが、ところがどっこい、結構な文字数だなと気づきはじめた。気づきはじめたが考えないようにしている。絶対に今月中に勝負をつけなければならない。

## 11/11 土曜日

『The Other End of the Leash』。土曜なので、家のなかに家族全員がいる。それぞれ一万円ずつ渡してもいいので、私に話しかけないでほしいと考えながら、リビングに置いてあるパソコンでせっせと翻訳をしていたのだが、男三人が私の真横で格闘技を見はじめた。それも、延々と語るぞ、うちの男たちは!!!

うるさくて作業どころじゃないわと思って、iPad片手にリビング横の部屋に籠もり、できあがった原稿の推敲を始めた。普段だと、とりあえず最後まで訳してしまってから推敲をするのだが、訳しながら平行して推敲していくのも悪くないなと思った。単語の統一など、早めの段階でできていると作業がしやすくなるのもそうなので、家族がうるさいときは推敲をすればいいのだな。

## 11/12 日曜日

『The Other End of the Leash』、鋭意作業中。夜はお好み焼きがいいとか言い出した男がいて、お好み焼きぐらい自分で作れよと凶暴な気持ちになる。というか、食べに行けばいいんじゃない？　関西だから、そこらへんにお好み焼きの店があるでしょ？　と、言いそうになったのだが、大変不思議なことに、滋賀県内には、あまり美味しいお好み焼き屋がないように思える。ママ友に聞いても、「お好み焼き？　さあねえ」といった感じだ。

結局、作業を中断して、買い物に行き、お好み焼きの準備をしようと台所に立ったが、焦って買い物に行っているために買い忘れが多く、それを悟った瞬間に、両目の奥からじわじわと涙が出てきた。私は翻訳がしたいだけなのに、なぜお好み焼きを作らなくてはならないのか。男たち、しっかりしてくれ。牛丼でええやろ。

## 11/13 月曜日

山に雪が積もった。

朝、デイサービスの責任者の方から電話があり、義父が義母のデイサービスを休ませたことを知る。「お休みでもいいでしょうか」と確認してくれるのだが、これは答えるのが難しい。本人たちの気持ちになれば、休むぐらい勝手にさせてくれと思うだろうし、デイサービスさん側からしたら、認知症が相当進んだ義母が義父と二人で暗い家のなかで、何もせず過ごすことは心配だろうし（実際に、二人の生活は、寝るかごはんを食べるかしかないのだ）。

『The Other End of the Leash』の作業が死ぬほど気になりながら、義父に連絡を入れてみた。休ませた理由は「目医者（眼科）に行くから」ということだった。義父が、眼科に行くから、義母のデイサービスを休ませたということなのだ。意味がわからないのはそうなのだが、正しさを求める時期は過ぎたと思っているので、「そうなんですね」と答えておいた。

「それで目医者さんはどうだったんですか?」と聞くと、「目医者は休みやった」との答え。どのあたりから、どうつっこめばいいのか。それすら考えることを放棄して、私は翻訳に戻りたいと思った。

## 11/14 火曜日

文芸誌『すばる』連載中の「湖畔のブッククラブ」の締め切りが今日なのだが、難しい本を選んでしまったために苦戦。その本とは、動物行動学者フランス・ドゥ・ヴァールの『ママ、最後の抱擁』、そして『動物の賢さがわかるほど人間は賢いのか』(いずれも紀伊國屋書店)だ。読めば大変面白いのだが、その内容について書くのは、まったく別なことで、一日中、何度か読み返しては、なんとか下書きを完成させた。疲労感。

明日、仕上げをして送ろうと思うが、一日遅れてしまった。いつも申し訳ありません。

なぜフランス・ドゥ・ヴァールに辿りついたかというと、『The Other End of the Leash』の参考文献にドゥ・ヴァールをはじめとする動物行動学者らの著作がずらっと出てきており、ついつい購入してしまうからなのだ。一旦買いはじめると、すべて買おう、よし!という気合いが入ってしまうのをどうにかしたい。

## 11/15 水曜日

先日、新潮社の金さんと白川さんと京都で打ち合わせしたときに、白川さんから預かったゲラを読む。1月発売の『異常殺人─科学捜査官が追いつめたシリアルキラーたち』（新潮社）で、著者はなんとポール・ホールズだ。「なんと」と書かれても、「誰？」という人がほとんどだとは思うが、彼はアメリカの犯罪ノンフィクション好きの間では知られた人物だろう。というか、半分、アイドル的存在なのでは？　犯罪捜査関連のテレビ番組も持っているし、インスタアカウントでは、元警察官というよりは俳優のような存在感でイケメン光線を放っているように思える。

彼が有名になったきっかけは、なんと言っても黄金州の殺人鬼逮捕だろう。海外ノンフィクションファンの人であればきっと知っている市民探偵、ミシェル・マクナマラの朋友でもある。そんな彼がようやく書いた一冊だということで、楽しみにして読んだが、やはり犯罪捜査は面白いなと思った。

## 11/16 木曜日

『それでも母親になるべきですか』(ペギー・オドネル・ヘフィントン著、鹿田昌美訳、新潮社)が届く。表紙の女性のイラストに鹿の角が生えていて、鹿田さんリスペクトなのだろうかとふと思った(この日記の担当編集者の大和書房・鈴木さんは、「サボテンではないでしょうか」と書いて下さっていた。確かにサボテンかもしれない)。内容的には大変骨太で、鹿田さん翻訳の『母親になって後悔してる』を思い出さずにはいられない内容である。それにしても、だ。鹿田さんの訳はいつも端正で、読みやすい。

そしてもう一冊、『シニカケ日記』(花房観音、幻冬舎)が届く。

体調が悪いと思いながらも、「更年期にちがいない」と受診を先延ばしにしてしまった花房さんが突然倒れたのは、2022年5月半ばのこと。呼吸ができなくなり、倒れ込んだバス停から救急車で運ばれた病院で、即、ICUへ。花房さんは、心不全を起こしていたのだ。

実は入院して数日経過した花房さんからメールを頂いた。ちなみに、私と花房さんはそのとき一切、面識がなかった。その経緯は『シニカケ日記』に綴られている。私はとにかく驚いた!

え、花房さんから⁉　あの花房観音さんから？　それも、入院中⁉

もちろん、花房さんの作品はよく知っているし、花房さんの夫でライターの吉村智樹さんには、『全員悪人』について素晴らしい書評を書いて頂いたこともあるのだ。どきどきしながらも花房さんからのメールを数回読み、すぐに返事を書きはじめた。書きはじめたものの……。めちゃくちゃ悩んだ。

どう書いたら今の花房さんにエールを送ることができるだろう。ＩＣＵへの入院は私にも経験がある。あんなもの、できるならやりたくない。あっちの世界に行きかけて、戻って来た人間だけが知る恐怖も、私にはよくわかる。

こういう時、自分の経験なんて書く必要はない（みんな、忘れないで）。私のときはこうでしたとか、私の父はとか、母はとか、そんなのどうでもええねん。今の花房さんに一番必要なのは、同じピンチを経験して死にかけた村井理子の「今」やねん‼‼　そう思って、何度も何度も書き直して、送った。あの日以来、花房さんとは折に触れてエールを送り合う関係になれたことが、とてもうれしい。なにより、私も花房さんも、元気だ‼

きっと花房さんは「タダでは転ばねえぞ!」と考えて、『シニカケ日記』を執筆されたはずだ。私もそうだった（『更年期障害だと思ってたら重病だった話』（中央公論新社））。シニカケた女たちがその経験を残し、しぶとく生き続けることで、どこかで誰かが元気になってくれれば、それほどうれしいことはない。

## 11/17 金曜日

朝早くにママ友からメッセージが入り、なにごとかと思ったら、今朝の朝日新聞の「耕論」に顔写真とともにどーんと掲載されていた。その記事を撮影して送ってくれたのだ。『射精責任』についての話なのだが、新聞に掲載されるというのは想像以上にインパクトがあることで、身バレもしやすい（当然のことだが）。義理の両親が朝日新聞購読者なので、ヒヤヒヤしている。

## 11/18 土曜日

『The Other End of the Leash』（慶應義塾大学出版会）の翻訳を延々とやっている。もう本当に、延々と。

土曜日なので早起きして（早朝6時）、早速翻訳に取りかかった。誰もまだ起きていない、冬の早朝はとても調子がいい。私が仕事をしはじめるとハリーがノソノソと起きてきて、足元に、どかっと寝てくれる。著者パトリシアによると、額が広く、マズルが四角いオスは、オスのなかでもリーダータイプで大きな心を持つらしいが、ハリーもまったくそうだ。ハリーは人間に対しては一切敵意を持たないが、犬に対しては吠えたりすることがある。これはパトリシアの記述によれば、子犬時代の社会化が足りていないケースだそうだ。

つまり、子犬の頃にもっと積極的に交流の場に連れ出し（例えばドッグパーク）、他の犬と遊ばせて社会化の練習を積まなかったことが敗因。ここで私はいつも思うのだが、飼い主の社会化がいまいちな場合、やはり愛犬にもその傾向は引き継がれるのではないかということ。（人間の）子の公園デビュー（すでに死語か）がスムーズにいかない理由は大人の交流が問題になるからなのであって、そういう意味で犬の公園デビューも似ている。ドッグパークは一度も行ったことがない。犬は好きだが、飼い主同士のトークが辛いからだ。

## 11/19 日曜日

次男の剣道の大会が神戸であるということで、「かあさん見に来てよ」と言われていたので、押しに押している作業が気になりつつも、「この一瞬を逃すべきではない育児」みたいな呪いの言葉に翻弄されている私は、這ってでも三宮まで見に行く予定だったが、前の日になって「別にどっちでもいいよ、彼女が見に来てくれるし」ということでした。

了解っす‼‼‼

というわけで、翻訳。『The Other End of the Leash』。本は薄いのに、なんだか文字数多いぞ……と思ってよくよく見たら、印刷された文字が小さいのだった。Kindleデータをベースに翻訳をしているものだから、あまり気づいていなかったが、この本は（も）、ど、ど、鈍器なのでは……？　とにかくひたすら訳す。犬の本とは言え、動物行動学、生物学、心理学などなど、ジャンルが幅広くて難しい。よせばいいのに、参考文献を手に入れて読みはじめたら、ずいぶん時間をロスしてしまった。それでも理解がよりいっそう深まったので、絶対に無駄な作業ではなかった。本来、参考文献はすべて読むべきなのだろう（いや、できるだけ）。

『ラストコールの殺人鬼』（亜紀書房）も、『未解決殺人クラブ――市民探偵たちの執念と正義の実録集』（大和書房）も、着々と準備が進み、二冊とも12月には出版だ。いやあ、今年はよく働いたよ……。

## 11/20 月曜日

近くの体育館で剣道の練習があるということで、兄と弟を送っていく。高校生の緩い集まりなので、私は体育館前で二人を降ろして、そのまま家に戻る。

彼らが子どもの頃、スポーツ少年団のような団体に加入させなかった理由は、あまりに親の関与を必要とされたからだった。二人にどうしても入りたいと言われ剣道クラブの見学に行った日、お母さんたちがずらりと並んで、体育館の冷たい床に座っているのを見て、「無理」って思った。3時間程度、そうして子どもを待つのだ。

先生たちへの挨拶、当番、その他説明を受けたが、もうぜんっぜん頭に入らない。私は小学生の頃から、こういった活動に対する情熱が乏しく、加わりたい、一緒にがんばりたいという気持ちが薄かった。でも、今になってよくよく考えてみると、私の母が他のお母さん達の輪に入ることができなかったことが原因で、私は自分の心を騙して、「ここは入るべきところではない。だってお母さんが嫌なんだから」と考えていたような気もする。だって、今思い出しただけで、いろいろ甦ってくるもの。私はバレー部に憧れていたような記憶がうっすらある。赤いユニフォームに憧れていた。あの輪の中に入りたいと思っていた！

小学生だった息子たちにはすぐに、「無理」と言った。すると、「他のお母さんはやってるのに！」と怒っていた。私の育児でこういう場面は多いような気がする。思い返してみれば、あの瞬間がターニングポイントだったなと考えるときが、よくある。

時々次男に「小学生の頃からきちんと習っておけばよかった」と言われることがある。その都度、なんとも表現しがたい気持ちになる。時間を巻き戻せるのなら、巻き戻して体育館の冷たい床に、かあさんはなにがなんでも座ると思うよ！　……いや、たぶん無理。

## 11/21 火曜日

いつものクリニック。

「あなたの来月の目標を教えて下さい」

「来月ですか？　うーん、今やっている仕事を終わらせて、ちょっと休んで家のなかを掃除したいですね」

「仕事は順調？」

「はい……ひたすらやるしかないという感じです。もう、とにかくひたすら、ゴールまで突っ切る感じっす」

「なるほど、頼もしいですね！」

などなど、医師と話をした。先生は上機嫌で年末になると酒の席が増えますな、節制しようと思っても、酒はなんとも旨いものだから、飲んでしまいますよね。僕？　日本酒かな。あなたは？　なるほど節酒中ですか。でも、旨いよね、お酒。飲み過ぎない程度に飲んでリラックスするのもいいですよ……ということだった。いつもの薬。いつもの優しい看護師さん。いつもの、狭いけれどもとてもリラックスするクリニックの待合室。

帰りにパン屋に寄ってツナサンドを買う。ツナサンド、野菜ジュース、大量のお菓子。車に積み込んでみたものの、まったく感情が動かない。これを持って帰るのかという煩わしさしかない（ちょっとまずい精神状態なのかもしれない）。

## 11/22 水曜日

しらいのりこさんのXを見ていたら、突然おでんが食べたくなり、しらいさんお勧めのおでん種を爆買いした。清澄白河にある「美好」というお店だ。見るからに美味しそうなおでん種に、翻訳漬けになってストレスが溜まり、料理が苦になっている私が反応しないわけがなくて（料理をしなくてよければ、翻訳のスピードは上がるのだ）、すぐにネット注文。注文しやすいセットがいくつかあったので、多少考えて、上から二番目ぐらいのものを選んでみた。楽しみは「銀杏」だ。美味しそう。

私はいつも、練り製品は静岡県焼津市にある「足平」というお店で買っているのだけれど、足平はごくごくシンプルといった感じ。美好はなんだか楽しげな練り物が多い。練り物はフライパンで焼いて食べるのもいいよね。

## 11/23 木曜日

長男が学校に行きたくないと言い出した。長男、お前もか……という気持ちである。理由を聞くと、「面白くないから」。妙にシンプル。どうしても今日は休みたい、今日休んだら、明日は絶対に行くからと言うので、とりあえず休ませた。

もう高校生なんだから、休みすぎたらどうなるかぐらいはわかるでしょうし、自分でいろいろと管理してくれればかあさんはうれしいんだけどね……そう言いながらも、長男に甘い私は彼が好きな卵サンドイッチを作って部屋に持って行った。これではずる休みを奨励しているようなものだ。

しかし自分の記憶を紐解いてみると、ずる休みした日は妙にうれしかった。とにかく、自分の部屋のなかで、好き勝手に過ごすことが楽しかった。しかし午後になると、学校にいない自分の悪口が盛んに言われているのではないかとそわそわし、明日学校に行ったらクラスの全員に無視されたらどうしようと不安になるのだった。そういう時代だった。女子校とはそんな厳しさがあった（当時です、もちろん）。

自分の記憶では、中学も、高校も、あっという間にしれっと終わったような気がしていたけれど、実際はいろいろあったのかもしれない。とにかく毎日本屋に立ち寄って、本や雑誌ばかり読んでいた記憶しかない。

## 11/24 金曜日

ここ三十年来仲のよいカナダ人の友だちがいる。日本にも何度か来てくれたし、カナダでは同じ建物内に一年間住んでいたこともある。不思議な縁で結ばれている我々は、数年に一回程度連絡を取り合いながら、細々と繋がっている（Facebookで互いの動向はわかっている。彼女はブルース・スプリングスティーンの追っかけなので、全米を移動しまくっている。推しがブルースって、なんとも50代で面白過ぎる）。

少し前、日本通の彼女から連絡があって、「JIROというラーメン店を知っているか」と聞かれた。ああ、ラーメン二郎？　とすぐにわかったのだが、私は行ったこともなければ、まったく詳しくない。ただ、独特なコールがあって間違えるとdeathが待っているという噂だけ聞いたことがある。その二郎に何か用かな？　と思って「食べてみたいの？」と聞くと、「最近TikTokでラーメンの食べ歩きを見ているのだけれど、とある男性が『JIRO』あるいは『JIRO inspired』の店でラーメンを食べている。その注文の方法が難解で、それがまず興味深いことと、私の知っているラーメンではなく、具材を高く積み上げているスタイルなのがいい。私も食べ歩きをしたいので、付き合ってくれないか」ということだった。

家系ラーメンを食べて二日調子が悪かった私が行けるのか。でも、一生に一度ってある。彼女と東京でラーメンを食べる。これってもう、一生に一度のチャンスだわと思う自分もいる。アンソニー・ボーディンの『No Reservations』（邦題：アンソニー世界を喰らう）を思い出す。アンソニーが亡くなったのは、本当に悲しいことだなあ、それにしても。

## 11/25 土曜日

家の外で竹刀の素振りをしていた次男が、門灯を割った。次男、お前もか、の気持ちだ。門灯が割れてたら恥ずかしいわ〜。なんで割るかなあと思ってよくよく聞いてみたら、門灯に面（剣道の防具の面）をかぶせて、バンバン打ってたんだと。かあさんはがっくりだよ。わかるだろ、それはダメってことぐらい。

庭は荒れ果て、門灯は割れる。だいじょうぶか、この家は。

## 11/26 日曜日

気があまりにも早いと思うのだが、街に出るとクリスマスソングが流れている。クリスマスが寂しいのは私だけだろうか。子どもの頃のクリスマスはどうだっただろう。両親は必ずプレゼントを買ってくれたし、豪華な料理も出してくれたような気がする。でも、母がくれるプレゼントがいつも気に入らなくて、父と一緒におもちゃ屋さんに行って、交換してもらった記憶がある。母が買ってくれたのはオルゴールで、私が欲しかったのは『不死身の男ミスターX』（伸びるプロレスラーのゴム人形）だったのだ。父は笑っていたが、母は笑っていなかった。そして母は徐々に私にプレゼントを買うのをやめ、現金をくれるようになったのでした。それもうれしかったけどね。もらった現金ではゲイラカイトと人生ゲームを買いました。

## 11/27 月曜日

翻訳しかしていない毎日。SNSを見る余裕もまったくなく、ただただ、机に向かってキーボードを打ち続けている。訳文を考えているスピードと、タイピングのスピードがぴったり合ってきたので、これから先はスムーズだと思う。一冊の本の翻訳でも、まだその本に慣れていない時期というのは当然あって、そういう時期はスピードがあがらない。でも、本の特徴を摑んでくれれば、先に進みやすくなる。そんなことを一年ずっと繰り返しやってきた。今日で188464文字。これで7割。泣きそう。来年は適当に休みたい。

## 11/28 火曜日

夫が両親を病院に連れて行き、ボロボロになって戻って来た。老人を病院に引率したあとの、あの妙な疲労感は一体なんだろうと思う。友だちに聞いても、通院の付き添いほどしんどいものはないと言う。不思議なことだ。そして数日はその疲れが抜けない。

夫は今日、義父の診察に、家に一人では留守番させられない義母まで連れて行った。義父の診察が終わり、会計が終わり、薬の処方が行われている間に近くの食堂で食事をさせ、薬をピックアップして、買い物をして実家に二人を戻す。こんなしんどいことを一人でやったというわけだ。いや、私は普段一人でやっているんだが、今回は夫がやったというわけで、これから先も夫がやることになる。

最後に寄ったスーパーで、夫が目を離したために義母が商品を手にしたまま店舗を出てしまった。そのとき義父は何をしていたかというと、一人で駐車場を歩いていたらしい。幼稚園児か。夫は会計しているところだった。一人で二人は大変だよな。しかし、双子の子育ても同じようなものだった。

## 11/29 水曜日

翻訳。途中、スーパーに買い物に出たのだけれど、あまりに琵琶湖がきれいだったので、車で湖岸まで行って、誰もいない場所で停車して、車内でしばし音楽を聴いていた。去年の今頃突然亡くなった、ＰＴＡ会長のＮさん、辛かったやろなあと思い出していた。というのも、彼女に関する記事が新聞に掲載されているのをたまたま見つけたからだった。彼女の友人がインタビューに答え、「今も彼女の死を受け入れられない」と言っていた。そうだよね、受け入れられないよね。あんなにがんばっていた人だったのに。

## 11/30 木曜日

翻訳。午前中に義父から電話。庭のミカンの木に実ったミカンを今から切りに来てくれと言われて、違うものを片っ端から切って切って、切りまくってやろうかという気持ちになり、とりあえず電話をガチャ切りした。

2023年

# 12

# 月

## 12/01 金曜日

クリスマス音楽が流れる街はなぜか本当に悲しい。先日精肉店で「奥さん、田舎どこ？こっちじゃないよねえ？　え？　静岡？　今年の正月はどうするの？　帰るの？」と聞かれて、「帰る実家がもうないんですよ。家族全員死んでます」って答えて、やめておけばよかったと思った。

申し訳ないので、クリスマスチキンを予約した。あちらも申し訳なさそうにしていた。

## 12/02 土曜日

仕事の合間にぼんやりとSNSを見ていたら、懐かしいアンソニー・ボーデインの動画『No Reservations』が流れてきた。あの番組は大好きで、欠かさず見ていた。どこへ行っても躊躇することなく食べ、飲み、人生を謳歌しているように見えた（見えたんだけどな）。著作（『キッチン・コンフィデンシャル』その他）も大好きだったので、若くして亡くなった、残念でならない作家の一人だ。

今思い返してみると、楽しく飲んでいるときのトニーでも、濡れた犬みたいに寂しげな表情をしていたなと思う。大型犬の長毛種のイメージがあった（そして雨に濡れている）。孤独に生きた人なのだろう。年末に読み返してみようと考えた（なんと新装版の『キッチン・コンフィデンシャル』が出版されていた）。

## 12/03 日曜日

「俺たち今日、京都行ってくるわ」と長男が言うので「え？　そうなの？」と返すと、今度は次男が「おう」と言う。「ちょっと、服を買いに行ってくるわ」と言いつつ、二人が右手を差し出してくるので、それぞれに1万円渡した。私たちが若いころだと、1万円で服を買うなんて難しかったことを思い出したので、５０００円をプラスした。二人は軍資金を得ると、着替え、仲良く二人で駅まで歩いて行った。その後ろ姿をトイレの窓から密かに見て、「これは夢だ、夢に違いない」と思いつつ、顔を叩いてみたが現実だった。

うちの双子は、一度として、大きな喧嘩をしたことがない。もちろん、幼少期のおもちゃの取り合いなんてことはよくあったが、それも酷いものではなかった。小学生になり、中学生になり、いつの間にか高校二年生になったが、激しい口喧嘩も、取っ組み合いの喧嘩も、一切ない。常に仲がよく、隣同士の部屋で過ごし、夜は一緒にトレーニング（竹刀の素振り、ランニング）をしている。双子の場合は極端に仲が悪いか、極端に仲がいいか、どちらかだとよく聞くが、わが家は後者らしい。子育てで成功したことなんてひとつもなかったと思っている私だけれど、二人が喧嘩をしないというだけで救われるような気持ちになる。

## 12/04 月曜日

翻訳。パトリシア・B・マコーネルによる『The Other End of the Leash』を、ただひたすら訳す日々。朝の9時までには掃除を終わらせて、そこから昼までノンストップで訳し、午後は15時ぐらいまで休憩をして（作業場横の窓から西日が差すと気分が落ち込むので）、そのあと寝る直前まで翻訳をするという日々が続いている。ページをどれだけめくっても、文字は出てくる。めくり続けると、紙のページがまるでタペストリーのように、延々と続く編み目に見えてくる。

気が遠くなるような作業だが、いつか終わりが来ることはわかっている。なぜなら、今まで最後まで終わらなかったことはなかったのだから。とにかく最後まで訳すことができるかどうかという、非常にシンプルな点を問われる仕事だ。できる、俺なら。

## 12/05 火曜日

次男がコンビニのバイトから戻り、驚いた顔で「税金って高いんやな‼　俺、びびったわ！」と言っていた。コンビニにやってきたお客さんが、納付書で税金を支払ったのだろう。次男はそれをピピッとなにげに処理したわけだが、その金額の高さに驚いたというわけ。

「やろ？」と訳知り顔で答えた。「母さんも、どれだけ払わされたか。まったく暮らしが楽にならないわ」と言うと、「ふーん」と興味がなさそうだったが、そんな彼もあと数年したら自分で支払うようになるわけで、仕事終わりに買ってきたという唐揚げをむさぼるように食べながら、iPhoneで格闘技を見ているまだ幼い表情の次男を見て、「この子も苦労するのかな、将来……」などと考えた。なるべく苦労はして欲しくないなと、本当にシンプル極まりない親心で考えた。

## 12/06 水曜日

とある場所から電話があり、衝撃的なことが判明した。言葉を失って何も考えられなくなったが、人生とは、寄せては返す波のようなもの。いいときもあれば、悪いときもある。悪いときが多いような気がするが、物事は考えようだ。ネタが増えたと思っておこう。俵万智さんの短歌では、波のしぐさは優しかったが（寄せ返す波のしぐさの優しさにいつ言われてもいいさようなら）、私の人生は荒波に揉まれるのがデフォルトのようだ。

## 12/07 木曜日

終日、翻訳。是枝裕和監督が『実母と義母』を読み、感想を寄せて下さった。なんたる光栄。うれしくてちゃんと読むことができなかった（もちろん最後には読みました）。来年もがんばって書こう。

## 12/08 金曜日

『「ダメ女」たちの人生を変えた奇跡の料理教室』（文庫化にあたり、「ダメ女」とカギカッコがついた）が新潮文庫として刊行されることになり、あとがきを書いた。久しぶりに読んでみたけれど、本当にいい本だなと思う。文庫化がきっかけで、多くの人たちに読んでもらえたらうれしい。

そう言えば先日、本当に珍しいことなんだけど、フライパンを焦がした。翻訳作業に集中していて、弱火で煮込んでいたのをうっかり忘れていた。作っていたのは、焼き豆腐と牛肉の煮物で、甘ったるいような焦げた匂いが部屋に充満していた。

すると焦げた匂いポリスの夫が焦げた匂いを指摘するので、「おかずを焦がした」と正直に言うと、開口一番、「もったいない‼」と言うではないか。自分でもびっくりするぐらい邪悪な声で「あぁ？」と答えてしまった。なんだよもったいないって。それ言っていいのは作った人間だけ。つまり、私だ。

『「ダメ女」たちの人生を変えた奇跡の料理教室』のなかで著者のキャスリーンは、フライパンを焦がしたからって、なんだって言うの？　次はちゃんと作ればいいじゃない！

……というような、優しい言葉をかけて、料理教室に参加してきた女性たちを励ましていく。決して「もったいない!!」とは言わない。こういう、「ここだ！」という瞬間の声かけは子育てにおいても、犬の訓練においても大事だと思っている。べつに、なんでもかんでも励ませと言っているのではない。でも、否定的なひとことで、人間を奮い立たせることはできない。

## 12/09 土曜日

歯を食いしばるようにして翻訳。『The Other End of the Leash』。アカゲザルの雄は成長すると生まれついた群れを離れて、別の群れに参加しなければならないらしい。その過程で半数の雄が命を落とす（道場破りみたいなものなのだろうか）。

一方で、命を落とさず別の群れにスムーズに加入できる個体がいて、その個体は、死んでしまう個体に比べて、慎重で内気らしい。つまり、血気盛んな若い雄は、別の群れに未熟な状態で加わろうとするのだが（「うりゃあああ！」とか叫んで突進して、一気に潰されるイメージ）、内気な個体は、その性格のために元の群れを離れるのが遅れ（三十代まで実家暮らしのイメージ）、遅れたことで体がほどよく成長し（なかなか大きめになってしまった状態）、体格がよく（親の料理で栄養状態はいい）、別の群れに加わるときに有利なんだそうだ。なにそれ。人間と似てるよ。

## 12/10 日曜日

巨大たぬきの謎が解けた日。

国道脇の空き地に突如として現れた巨大たぬき。滋賀名物信楽焼（しがらき）のたぬきの置物なのだが、そのインパクトたるや……。右手に通い帳と左手にとっくりを持った焼き物たぬきっていうのは、だいたい体長50センチぐらいのものなのだが、空き地に立っているたぬきは身長１６０センチ程度はある。私と同じぐらいの背格好だと思ってもらっていい。その巨大な置物が突如として国道脇の空き地に立つようになってどれぐらい経過しただろう。たぶん、数ヶ月だ。

まだ新品のその置物はぴかぴかしてて、買ったら数十万円は下らないと思う。たぬきの背後には、崩れかけた木造の小屋があり、たぬきの周辺にはびっしりと背の高い雑草が生えており、シュール過ぎる光景となっている。夜間に見ると、目と歯がギラギラ輝いていて、大変恐ろしい。誰が、何の目的で、相当高価なたぬきをその場に設置したのか、私はずっと考え続けていたのだが、今日、なんとなくその理由がわかった気がする。なぜかというと、今日の夕方に通り過ぎたとき、その巨大たぬきは七色の電飾を身にまとっていたのだ。クリスマスイルミネーションである。あのたぬきの持ち主は、きっとジョークであそこにあんなに巨大なたぬきを立たせているのだと思う。間違いない。暇な人なんかな。

## 12/11 月曜日

翻訳。今日も朝からずっと翻訳と、推敲作業を行っていた。庭は枯れたジャングルのようだったが、いつの間にか見たこともないコケのようなもので全体が覆われている。ここは森なのか。私が作業に明け暮れている間に、新たな生態系が誕生したのかもしれない。

## 12/12 火曜日

翻訳。苦しい。

## 12/13 水曜日

翻訳。苦しかった。

## 12/14 木曜日

訪問看護師さんから電話があって、義父の調子がかなり悪そうだと言う。「今まで見たことがない様子なんです。もしかしたら受診が必要かもしれません」ということだった。この看護師さんは、実は昨年末、義父がコロナウイルスに感染したときに助けてもらった看護師さんで（詳細は新潮社Ｗｅｂマガジン『考える人』連載「村井さんちの生活」の「義父母、ついに感染」をCheck it out!）義父が演技派だということは知っているはずなのだが、「いやあ、今日は本当に具合が悪そうで……」ということだった。

私は仕事があって、すぐには行くことができなかったので、夕方、牛丼を持参して様子を見に行ってみた。義父は寝ていたものの、パジャマ姿で起きてきて、牛丼をうまいと言って完食していた。私はこれを「牛丼テスト」と呼んでいる。完食したので、受診は必要ないと判断した。念のために夜に電話したら、「また牛丼頼む」と言われた。

## 12/15 金曜日

いつものメンタルクリニック。10時半からの予約で締め切りと重なっていたので、早めに起きて、原稿を書いて送ってから、クリニックに向かった。今日も車で。電車だと寒いからね。


「お正月の予定は？」

「特に何もないです」

「実家には帰らないの？」

「もう実家には誰もいないんです。家族全員死んだので」

（カルテを確認して）「あ、本当だ」

「こちらでゆっくりします」

「それじゃあ実家は空き家で？」

「そうです。いま私、実家を潰しているところなんです」

「そりゃあ、大変だ。じゃあ、何度も帰ってるの？」

「いえ、遠隔操作で」

「ハハハハ、遠隔操作で!! あなた面白いねえ。あなたと話していると笑いが止まらないわ」

「そうですか、ハハハ」

高齢で新規患者の受け入れをやめたと宣言した先生が閉院すると言ったらとても傷つくから、そう言われるまえに転院できるように新しいクリニックを探そうと思う。

## 12/16 土曜日

義父が聞いてほしいことがあるというので、買い物ついでに義実家へ。もちろん義母のことなのだが、夜中の徘徊時間が長く、義父まで眠ることができないとのこと。特に何をやるでもないようなのだが、紙類を集めて、洗濯ばさみで留めて、それをあちらこちらへと移動させているそうだ。私が先日、あまりにも紛失が多いため、義父と義母の大事な書類（例えばマイナンバーカード、保険証、診察券など）を一箇所にまとめておいたのだけれど、どうもそれが気に入らなかった、あるいは違和感を持ったらしく、書類がふたたびバラバラになって、どこかへ紛れ込んでしまったらしい。部屋を見渡すと、壁に沿うようにして置かれた大量のAmazonのダンボール。Amazonで注文することなどないはずなのに、謎が深まるこのAmazonダンボールをどうにかしなくてはならない。物を集め出すというのも、認知症の症状のひとつらしい。それにしても、ここ数年で義母は変わった。不思議と嫌な気持ちはしない。認知症前の義母に比べたら、今のほうが穏やかで、ずっといい。本人の気持ちはわからない。すべて忘れることは、救いなのか、それとも。

## 12/17 日曜日

ハリーの便に血のようなものが混じったため、大急ぎで動物病院へ。私が(ハリーが)通っている地元の動物病院は、年中無休で数名の獣医が勤務している病院なのだが、私が最も信頼しているのはロッキーチャック先生だ(もちろんあだ名は私がつけた)。知っている人は知っている、あの山ねずみのキャラクターにそっくりな先生だ。

ロッキーチャックがいるであろう日を狙って行くものの、彼の勤務日はどうもランダムなようで、最近あまり診てもらえてはいなかった。しかし本日はラッキーで、診察時間開始直後に突撃したために、すぐに診てもらうことができた。先代犬も診て頂いていたので、顔を合わせれば、ああ、こんにちは程度の感じである。よくよく考えてみればロッキーにお世話になって十年以上経過しているということになるのだな。

「いつ見てもパンパンやな、君は」と言われたハリーは、待合室にある動物用体重計で量ったら52キロだった。1キロ痩せたよ。

「それで今日はどうなさいました?」

「それが、ハリーの便に血が混ざりまして。ちょっと汚くて申し訳ないのですが写真を撮影してきました」(こういうことをするんです、動物の飼い主は)と言い、私はiPhoneをロッキーに見せた。ロッキーは写真をまじまじと見たあとに、「ああ、これはたぶん腸壁が剝がれてきてしまっているんですね」と言い、それから何やらいろいろと説明し、一週間分の薬を処方してくれた。会計、1万円。

## 12/18 月曜日

ハリーは大変賢い犬なので、薬を飲ませるのに苦労する。私の手元をしっかり見ているので、私が何か怪しいものをおやつの中に突っ込むのがわかるのだ。最終手段はハリーの大好物のカステラのなかに上手に仕込んでなんとか飲ませるのだが、それでも、二度に一度は錠剤だけより分けて上手に吐きだしている。薬を飲ませたら、一日で状態は良くなってきた。さすがのロッキーチャック。

## 12/19 火曜日

燃え尽きたのかもしれない。元気が出ない。

今年最後の訳書、パトリシア・B・マコーネルによる『The Other End of the Leash』の翻訳がとうとう終わったこともあり、どっと疲れが出たようだ。もう英文は見たくないな……。とはいえ、初校ゲラが戻って来たら、正月もなくチェックが待っている。フリーランスに正月はないのだ。

## 12/21 木曜日

ハリーがNHK WORLDのReading Japanというコーナーで紹介されることになった。日本の読み物を海外に紹介するプログラムらしいのだが、早速海外在住の友人たちにFacebook経由で伝えると、喜んでくれた。しかし、私の若いころを知っている友人らからすると、あまりにもソフトな内容で驚くのではないだろうか。そもそも、私が何をやっているのかなんて、ほとんど誰も知らないのだ。

## 12/22 金曜日

息子たち、ようやく終業式。休んでいいのに休めないのは、いつもの悪いくせだ。年末ということもあるだろうけれど、気がはやる。こういうときは歩くか、早く寝るかに限る。両方やろう。

## 12/23 土曜日

せっせと近所のコンビニでバイトしている次男が青い顔をして戻って来た。「もしかしたら俺、失敗したかもしれない」と、不安そうな顔で言う。次男はとても面白い子だが、今まで何度も私をとことん驚かせ、そして時に泣かせてきた。だから、じわじわと胸に広がる不安を必死に抑えながら話を聞いた。次男曰く、お客さんが何かの料金を決済したのだが、その処理作業がうまくいっていないような気がするというのだ。店長はいなかったのかと聞くと、その日は店長が休んでおり、先輩の従業員がいたもののレジ以外の場所で作業をしていたらしい。レジにいたのは次男だけで、悪いことに、昼時で、レジ前は長蛇の列だったらしい。最近近所で大がかりな建築工事が行われており、作業員のお客さんが増えたと聞いていた。

「それで焦ってしまって、処理で間違えた気がする」と頭を抱え込む次男を見て、「そういうときはすぐに報告したほうがいいよ」と私は言った。

「店長に、『お休みのところすいませんが、決済の処理でミスをしてしまったような気がします。とても心配ですので、チェックして頂けないでしょうか』とかなんとか、書いたほうがいい」と言うと、「そうだよね」と答えた次男は、早速店長のＬＩＮＥにメッセージを送っていた。

「俺、クビかな」と次男が聞くので、「まさか」と答えた。「よほどのミスでない限り、たった一回のことでクビなんてないよ」と私は答えたものの、高校生のアルバイトをクビにするぐらい、そう難しいことではないよなとも思った。遅刻もドタキャンもせず、一生懸命働いていたのに……。

## 12/24 日曜日

起きてきた次男が、「やっぱりクビかもしれない」と言う。なんで？　と聞いたら、店長からＬＩＮＥの返信が来ないらしい。

「ふーん」と、そんなのたいしたことじゃあないよという雰囲気を醸し出しつつ答えるも、心のなかでは「これはまずいのでは」と思っていた。夫には昨夜、次男がやっちまったかもしれない件についてすでに伝えていた。夫は本当に珍しく、「なんて可哀想なんだ」と次男に同情していた。「万が一クビになったら、あいつ、自信を失ってしまうやろな。本当に気の毒や。どうしてやればいいだろう、まだ17歳なのに」などなど、酷く同情しているのだ。ナンダこの人、珍しく子どもに同情していると不思議に思ったのだが、そのあとの話を聞いて納得した。夫は学生時代にアルバイトを三度もクビになった経験があるらしい（ちなみに私は一度もない。店長になってくれと言われたことはある）。

　夫の悲哀に引っ張られ、私もどんどん次男のことが気の毒になってきた。自分自身のことだったらどうでもいいが、やはり子どものこととなると話は別だ。夕べも心配で寝付きが悪かったのだが、夫は朝の4時に目が覚めてしまい、そこからずっと考えていたらしい。

夫と私は、コソコソと小さな声で、いつになく対応策を話し合った。

夕方、青ざめた次男がリビングにやってきて、「店長からＬＩＮＥが来た」と言う。「どうなった⁉」と慌てて聞くと、「明後日の昼に、店に来てくれって。店長とマネージャーから話があるって」

私と夫はさりげなく目を合わせた。次男はクビになるのだと確信した。

## 12/25 月曜日

三年前に亡くなったママ友の命日で、お宅にお邪魔してお線香を……と、琵琶湖女子会（と命名されたママ友会）メンバーで話し合っていたものの、どうしても気分が上がらず、結局、私は行くのを断念した。残りのメンバーが行ってくれた。申し訳ないと思いつつ、どうしても家から出る気持ちになれなかった。次男のこともあるのだが、とにかく疲れが抜けないのだ。心のなかで手を合わせた。ごめんね、今度お墓に会いに行きます。

## 12/26 火曜日

朝、起きてきた次男に、「もし大失敗していて、残念ながらクビになったとしても、今まであなたが頑張ってきたのは、母さんも父さんも、本当によくわかってるからね」などと声をかけた。泣きそう。

次男は、何度も頷いていた。夫は特に何も言わなかったが、私には「もし弁済が必要だったら俺たちで払おう」と言っていた。朝ご飯を食べることができないほど落ち込んだ次男は、昼前になって、ノロノロと身支度を整え、コンビニに向かった。行ってらっしゃいと声をかけたあとも、私はその後ろ姿を二階のリビングの窓からずっと見ていた。

肩を落とした次男の後ろ姿を見ていたら、じわじわと涙が出てきた。可哀想だと思った。真面目に働いていたのに、たった一度のミスでこんなことになるなんて。17歳の高校生には厳しすぎる現実なのでは⁉

次男は、左に曲がればコンビニ、右に曲がれば駅というT字路に行き着くと、そこで歩みを一旦止めた。私は心のなかで「逃げちゃダメ！　問題に立ち向かわなくちゃ！」と叫んだ。しばらく逡巡していたように見えた次男の背中だったが、意を決したように左折し、コンビニに向かっていった。私はその場を離れることができず、次男が戻ってくるまで窓のところで待とうと決めた。

15分後、次男の姿が見えてきた。ものすごい早足で歩いている。まるで競歩だ。表情は見えないが、相当急いでいることはわかる。トイレか？　まさか、誰かを殴ったか⁉　どういうことだ、なぜ急いでいる‼

家まであと10メートルという距離になると、次男は走りだした。顔を見ると、笑っている！　ウヒャヒャヒャヒャ！　という笑い声まで聞こえてくる。そしてドアを勢いよく開けると、「かあさん‼　俺、クビじゃありませんでした!!!」と大声で叫んだ。

結局、次男は何もミスをしておらず、マネージャーと店長に呼ばれた理由は、お正月のシフトの相談だったそうだ。

「俺、クビになると思っていました！」と涙ながらに言うと、店長は爆笑し、マネージャー（年配の女性）は、「村井くん、可哀想に！」と、もらい泣きしていたそうだ。

私も夫も三歳ぐらい老け込んだ。

## 12/27 水曜日

今年最後の剣道の練習に双子を送って行く。ついでにハリーも連れて行く。犬好きの師範が車まで走ってやってきて、ハリーと記念撮影をしていた。次男のクビ疑惑のために異様に疲れた数日だったけれど、なんとなく気が軽くなって、今日はトンカツを揚げることにした。

## 12/28 木曜日

おいしいポテトサラダを作ろうと思ったら、じゃがいもを入れすぎないこと、マヨネーズをケチらないこと、キュウリをたっぷり入れること、マカロニも入れること、そしてなにより、リンゴを忘れてはならない！

## 12/29 金曜日

守山の森へ散歩に行く。全長8キロのコースを二時間かけてハリーと歩いた。
夜、家に戻ってハンバーガーを作った。20個。バンズを調達するのが大変だった。

## 12/30 土曜日

調子がいまいちなので、朝からハリーとひたすら歩く。湖岸をなぞるようにして歩き、あっという間の二時間。少し気持ちが晴れる。
NHK WORLD の Reading Japan で、"A Different Kind of Love" and "Bruises All Over" from the Essay Collection "Be Not Defeated by a Dog" を観てくれた親友のカナダ人がひとこと、「cute」と書いて送ってきた。その言葉の向こう側にあるいろいろな意味に思いを馳せる。私を30年以上知る彼女が、cute だって!! あんたも変わったねえと言いたかったのだろう。お互い様だよ！

## 12/31 日曜日

朝からひたすら歩く。大晦日なのに気持ちが少し重いのは、年末に働きすぎてしまったせいだろう。それにしても、今年は本当によく働いた。原稿用紙にして何枚書いたのか、もう数える元気もないほど、書いたような気がする。来年は少しだけペースを落として、じっくりと書くことに取り組みたい。

# 原田とエイミー　五年後　京都

「ちょっと店長、あたし、面白い話ないですかって聞いただけで、そんな切ない恋愛の話されても困るんですけど！」と、アルバイトの大学生、真穂が不満げに言った。

「でも、面白いことは面白かったやろ？　俺の生涯最後で、最高の恋の話」と、原田は答えた。原田は東京の予備校を辞め、エイミーとかつて暮らしたマンションを引き払い、生まれ故郷の京都に戻ってきていた。紆余曲折あって、今は花見小路通沿いにある雀荘「タイガー」の雇われ店長だ。白いワイシャツの袖を肘までめくり、黒いベストにスラックス姿で、すっかり店長が板についている。

「面白いっていうか、エイミーちゃんが可哀想やわ。そのまま東京で店長のマンションで暮らせばよかったのに。まあ結局、店長が意気地なしだったということやんね？　受け止めきれへんかったんでしょ？　エイミーちゃんの人生を」

「まあ、そういうことやろうな」と、原田はパイプ椅子にどかっと座り、タバコに火をつけながら言った。「それでも、三年は東京で待ってたんやけどな」と、煙に目を細めながら言った。

「三年待ってた？　待ってただけですか？　電話するとか、メール書くとか、そういうことなしで？　そんなん、無理に決まってるじゃないですか。テレパシーでも送ってたとか⁉」と、真穂は呆れるようにして言った。

「俺には確信があったんや。たぶん、戻ってくるだろうって。いつか突然、玄関に彼女が立って、『ただいま』って言うんじゃないかって、そう思ってたんや」

「そんなことあるわけないやん」と、真穂は即答した。

「そうや。あるわけないねん。そしたら、ある日突然、手紙が届いた。結婚することになりました。シカゴに引っ越しますって」

「えっ……」

「そういうこと」と、原田は真穂の驚いた顔を見ながら笑って言った。

「だから俺は、仕事を辞めて、マンションも引き払って、こっちに戻ってきた。エイミーが戻らないなら、東京にいても意味はないから」原田はそう言って、タバコの火を消した。真穂は啞然としていた。

「なんだかあたし、いたたまれなくなってきた……。店長に彼女が何人もいる意味がわかってきた気がする。店長、すっごい純愛しちゃったから、もう本気の恋なんてできないんやわ。怖い……」

店のドアが勢いよく開き、客が入って来た。原田は立ち上がって「いらっしゃいませ！」と大きな声で言った。真穂も気怠そうに立ち上がり、「いらっしゃいませー」と言いながら、キッチンに入って行った。

原田は店内の窓から通りを歩く人を眺めながら、あのときもし俺がアメリカに行っていたら、彼女は戻ってきてくれただろうかと、ふと考えていた。

**村井理子**
**MURAI RIKO**
翻訳家、エッセイスト。1970年静岡県生まれ。滋賀県在住。
著書に『ブッシュ妄言録』(二見文庫)、『村井さんちの生活』(新潮社)、『兄の終い』『全員悪人』(以上CCCメディアハウス)、『はやく一人になりたい!』(亜紀書房)、『実母と義母』(集英社)、訳書に『ゼロからトースターを作ってみた結果』『「ダメ女」たちの人生を変えた奇跡の料理教室』(以上新潮文庫)、『黄金州の殺人鬼』『ラストコールの殺人鬼』(以上亜紀書房)、『エデュケーション』(早川書房)、『射精責任』(太田出版)、『未解決殺人クラブ』(大和書房)など。

**初出**
大和書房ウェブマガジン『だいわlog.』2023年2月〜2024年1月掲載

「原田とエイミー　五年後　京都」は書き下ろしです。